Liebe per Mausclick

Prolog

Endlich wieder Single!
Diesen Beziehungsstatus hatte ich schon viele
Jahre nicht mehr. Jetzt freute ich
mich auf die Zeit, in der ich keinen Mann mehr
fragen musste, wann er sein Frühstück möchte oder
ich die leeren Wasserflaschen aus dem
Kühlschrank räumen musste.
Jetzt konnte ich aufstehen wann ich wollte und hatte
das Badezimmer morgens für mich.
Das fühlte sich gut an.

Als der Makler mir damals die Wohnung zeigte, war
ich gleich verliebt. Es gab ein großes Schlafzimmer,
ein Badezimmer mit Badewanne, ein kleines
Gästezimmer sowie ein schönes Wohnzimmer mit
einer angrenzenden, zugegeben sehr kleinen
Küche. Ich hatte sogar einen sonnigen Balkon.
Das Haus, in der sich meine Wohnung im ersten
Stock befand, lag in einer ruhigen Seitenstraße im
Süden von Köln. Sie war nicht weit vom Rhein
entfernt und mit dem Fahrrad war man schnell in
der Innenstadt.

Wenn ich aus dem Schlafzimmerfenster schaute, sah ich auf ein Bürogebäude. Da es dort an den Fenstern keine Gardinen oder Jalousien gab, konnte ich den fleißigen Menschen bei der Arbeit zuschauen. Ab und zu winkte mal Jemand zu mir herüber und ich natürlich zurück.

Die Bäume am Straßenrand waren noch ohne Blätter. Aber man konnte sich schon vorstellen wie es aussah, wenn sie voller Laub waren.

Etwas weiter entfernt gab es eine Schule, an der schon meine Schwester und später auch mein Sohn, von den Lehrern auf das Leben vorbereitet wurden.

In den Pausen hörte ich durch das geöffnete Fenster das Geplapper und Lachen der Kinder. Auch das gefiel mir sehr.

Es gab sechs Wohnungen im Haus. Außer mir wohnten im Erdgeschoß eine WG, bestehend aus drei Studentinnen. Daneben wohnte eine ältere Dame mit ihrem Hund.

Neben mir im ersten Stock wohnte eine alleinerziehende Frau mit zwei kleinen Kindern. Es gab oft Geschrei und Türenknallen. Vor allem wenn die Kinder morgens in die Schule geschickt wurden. Der ältere Junge war wohl von einem anderen Mann als der jüngere Sohn. Er hatte eine deutlich dunklere Hautfarbe.

Die Mutter, eine kräftige Frau um die Vierzig, war sehr mürrisch. Als ich mich als neue Nachbarin vorstellte brummte sie nur: „Treppenhausreinigung alle zwei Wochen. Das machen wir hier abwechselnd!"

Über mir lebte ein junges russisches Ehepaar mit einem Säugling. Da die Beiden kaum Deutsch sprachen war unser Kontakt sehr mühsam. Aber das Baby war ein goldiges Mädchen, das ich sofort adoptiert hätte.
Daneben gab es dann noch einen jungen, alleinstehenden Mann. Er ging morgens immer sehr früh aus dem Haus. Er war Bäcker. Nachmittags saß er dann oft auf dem Balkon und rauchte.
Vom Einkaufen hielt er nicht viel, denn schon in der ersten Woche fragte er mich nach Eiern, Salz und nach einer großen Schüssel.
Vielleicht wollte er aber auch nur den Kontakt suchen.

Ich fühlte mich hier von Anfang an wohl. Meine neue kleine Wohnung konnte ich jetzt ganz nach meinen Wünschen einrichten, weil mich keiner kritisierte, dass es zu viel Deko und Topfpflanzen gab. Herrlich!

Ich ging mit Feuereifer an die Sache heran und war der beste und ausdauerndste Kunde in den Möbelhäusern rund um Köln. Die Küchenplaner machten mittlerweile einen großen Bogen um mich oder retteten sich in die Frühstückspause wenn sie mich kommen sahen.

Dabei konnte ich doch nichts für meine Mini Küche, die eingerichtet werden musste.

Schlimm war nur, dass sich auch der alte Bekanntenkreis dezimierte und ich zum ersten Mal allein für Renovierungsarbeiten zuständig war. Jetzt wäre eine helfende Männerhand nicht schlecht gewesen. Aber irgendwann stand alles an seinem Platz, die Lampen hingen, wenn auch etwas schief unter der Decke, und die Küche wurde geliefert.

Geliefert, nicht aufgebaut. Und die Arbeitsplatte gehörte auch nicht wirklich dazu.
Meine Nerven lagen blank, denn nun musste ich die nächsten Wochen um Kartons und Hängeschränke turnen und bekam nur Butterbrote zu essen. Ich fühlte mich immer noch nicht angekommen in der neuen Wohnung. Die Lebensmittel lagen auf der Fensterbank, denn auch der Kühlschrank fehlte. Jetzt war guter Rat teuer, im wahrsten Sinne des Wortes. Durch meine Schwester bekam ich die Telefonnummer eines pensionierten Handwerkers, der sich noch nebenbei etwas dazu verdienen wollte.
Nach kurzem Anruf machten wir einen Termin zur Besichtigung aus. Da war ich war noch guten Mutes.
Zwei Tage später klingelte es pünktlich an der Tür. Manchmal kann man sich ja doch auf Handwerker verlassen, dachte ich. Ich betätigte den Türöffner und wartete....und wartete....und wartete.
Nach fünf Minuten schaute ich dann doch ins Treppenhaus und sah, wie sich ein

asthmageplagter Senior die Treppe hinaufschleppte. Nun hatte ich auch noch ein schlechtes Gewissen, dass ich mich vorher nicht nach seinem Gesundheitszustand erkundigt hatte.

Nachdem Herr Berg, so hieß der Handwerker, in der Wohnung angekommen war, musste er erst verschnaufen und brauchte eine Extra Portion Asthmaspray. Wie sollte der denn meine Küche aufbauen?
Ich sah mich noch bis zur Rente zwischen den Möbelkartons sitzen.
Da die Kaffeemaschine funktionierte machte ich uns erstmal einen Espresso, um dann vorsichtig nachzufragen, wie sich Herr Berg den Küchenaufbau vorstellte.
„Ja haben Sie denn keinen kräftigen Bekannten?" kam dann die rhetorische Frage. „Ich dachte ich bekomme Unterstützung?"
Davon hatte ich nie gesprochen. Wenn ich über solch einen Bekannten verfügt hätte, dann würde meine Küche schon stehen. Herr Berg hatte wohl zum Asthma auch noch ein Hörproblem.

So musste ich den guten Mann mit zwei Espressi und einer Anfahrtspauschale von zwanzig Euro entlohnen und saß leicht depressiv in meinem Wohnzimmer.
Zur Beruhigung gönnte ich mir ein Glas Rotwein und überlegte mir eine Strategie.
Nach dem zweiten Glas war mir die Küche schon fast egal und ich nahm mir vor, mir einen alleinstehenden Koch zu angeln. Das würde das

Küchenproblem lösen….ich könnte mich bekochen lassen. Aber ich wäre dann auch kein Single mehr. Und ich hatte mich doch gerade an die neue Situation gewöhnt.

Am nächsten Tag studierte ich die Zeitung und siehe da, lesen bildet und verhilft zu einer Küche. Da suchte doch ein Student einen Job als Helfer beim Küchenaufbau.

Student klang nach einem jungen Mann der hoffentlich kein Asthma hatte und nach einem Handwerker, den ich auch bezahlen konnte. In meinem Job als Arzthelferin verdiente ich keine Reichtümer und als Single muss man alle Ausgaben allein stemmen. Also gab es keinen Spielraum für Sonderausgaben.

Der junge Mann ging auch gleich an sein Handy als ich anrief und bei der Küche gleich ans Werk. Er war kerngesund und unermüdlich, so dass die Küche nach zwei Tagen eingebaut war. Lediglich die Arbeitsplatte musste ich austauschen. Die hatte mir sowieso nicht gefallen. Sven, so hieß der Student, fuhr mich noch in den Baumarkt um mir beim Transport der Arbeitsplatte zu helfen und hatte sich seinen Lohn mehr als verdient.

Auf meinem neuen Herd kochte ich ihm aus voller Dankbarkeit noch ein 3 Gänge-Menü um ihn dann wieder an seinen Schreibtisch zu entlassen.

Was für ein Gefühl…mein Prinzessinnen Domizil war fertig und ich zum ersten Mal seit meinem Einzug total glücklich.
Aber jetzt war alles getan. Ich konnte mich über nichts mehr aufregen und meine Ausflüge in Möbelhäuser und Baumärkte waren erstmal abgeschlossen.

Ich fiel in ein Loch und die Langeweile packte mich mit voller Wucht. Das war der Anfang von dem was dann passieren sollte…

Es geht los ……

Sie haben durchgehalten und sind schon auf Seite sieben, dann möchte ich mich jetzt vorstellen:

Ich heiße Ira, bin 49 Jahre, geschieden, habe einen erwachsenen Sohn und bin jetzt, nach acht Jahren Zusammenleben mit einem zwanzig Jahre jüngeren Mann, wieder Single.

Paul, mein letzter Partner und ich haben uns getrennt. Ich konnte mir so kurz vor meinem 50. Geburtstag nicht vorstellen mit ihm den Rest meines Lebens zu verbringen. Der Altersunterschied wurde immer deutlicher. Nicht im Aussehen aber in unseren Vorstellungen vom Leben.
Ein paar Wochen vor der Trennung hatte ich einen anderen Mann kennengelernt. Andreas, nichts Ernstes, aber Grund genug Paul die Wahrheit zu sagen und nach Tränen auf beiden Seiten war uns schnell klar, dass es so das Beste ist.

Mein Sohn Tim konnte Paul nie leiden und gratulierte mir herzlich zur Trennung. Seitdem kam er mich auch wieder öfter besuchen. Das schlechte Verhältnis zu Paul hatte ihn von häufigen Besuchen abgehalten. Auch ein weiterer Grund nicht länger an dieser Beziehung festzuhalten.

Tim macht mir große Freude. Er zog sein Studium mit einem Feuereifer durch, den ich ihm nie zugetraut hätte. In der Pubertät hatte er Null Bock auf alles, was nur nach Schule und lernen aussah, so dass sein Vater und ich ihm schon eine steile Karriere beim Arbeitsamt vorhergesagt haben. Wie man sich täuschen kann.

Und nun sitze ich in meiner schönen, schnuckeligen Wohnung habe nichts mehr zu beklagen und habe auf Grund meiner finanziellen Lage auch wenig Möglichkeiten der Zerstreuung.

Genau an diesem Punkt rief mich ein paar Wochen später Andreas an.

Kino, Essen gehen oder vielleicht mal eine Radtour wollte er mit mir unternehmen. Ich sei doch jetzt Single und müsste nichts mehr heimlich machen... Das und die Tatsache, dass mir die Decke auf den Kopf fiel, haben mich überzeugt.

Wir verabredeten uns locker für das Wochenende und wollten bei schönem Wetter eine Tour mit seinem Motorroller machen. Irgendwie freute ich mich darauf ihn wieder zu sehen und wieder einmal unter Menschen zu kommen. Allein machten weder Kino noch Essen gehen Spaß. Das wurde mir relativ schnell bewusst.

Am Samstag brezelte ich mich auf und wartete auf Andreas. Das hätte ich mir sparen können!
Er rief an und erklärte mir in epischer Breite, dass der Roller defekt sei und das Wetter sowieso nicht für eine Tour geeignet sei. Komisch, bei mir schien die Sonne und er wohnte nur auf der anderen Rheinseite. Musste eine hartnäckige Wolke über Köln-Porz sein...

Ziemlich enttäuscht legte ich auf und wollte mich schon in meine Schmollecke zurückziehen da flüsterte mein persönlicher imaginärer Coach mir ins Ohr:
„Jetzt erst Recht! Geh wenigstens in die nächste Eisdiele!"

Recht hatte er, wer braucht schon einen Mann um vor die Tür zu gehen?

Um es mir selbst zu beweisen zog ich noch meine hochhackigen neuen Sandaletten an und schloss die Wohnungstür hinter mir.

Die Sonne lachte vom Himmel, die Menschen strahlten mit ihr um die Wette und ich fühlte mich wieder zufrieden. Ich zog es vor zu Fuß in die City zu gehen und genoss die bewundernden Blicke des ein-oder anderen Mannes. Einer pfiff mir sogar hinter her. Nicht übel für eine End-Vierzigerin dachte ich und Andreas war schon fast vergessen.

Mich zog es in die Südstadt. Hier war ich schon immer Zuhause und die Menschen waren mir vertraut.
Frau Prinz aus der Bäckerei winkte mir zu, als sie die Rollos herunter ließ. Man sah ihr an, das auch sie sich auf den Feierabend freute.
Auf der Straße wechselten sich Modegeschäfte mit Restaurants und Trödelläden ab. Es herrschte hier ein buntes Treiben. Ein alter Mann unterhielt sich mit einer asiatisch aussehenden Frau über die Preise des Gemüseladens. Ein Junge fuhr mit seinem Roller wie der Blitz an mir vorbei.
Er versuchte seiner Mutter zu folgen die zwei schwere Einkaufstaschen nach Hause schleppte.
Als ich an der Severins Kirche vorbei ging kam gerade ein Brautpaar aus dem Portal. Die Braut und ihr Mann lachten glücklich. Als die Gäste Reis

warfen applaudierten alle Umstehenden und einige riefen: „Viel Glück"
Ich schaute noch eine Weile zu, wie ein Mann Fotos vom Brautpaar und den Gästen machte und schlenderte dann weiter.

In meiner Lieblings-Eisdiele war es rappelvoll. Ich fragte zwei junge Mädchen, ob ich mich zu ihnen an den Tisch setzen durfte. Sie waren einverstanden und sowieso nur mit ihren Handys beschäftigt. Abwechselnd zeigten sie sich ihre Nachrichten und kicherten ununterbrochen. Fast wurde ich neidisch. Mir hatte schon lange keiner mehr etwas aufs Handy geschickt was mich zum Lachen gebracht hätte.
Entschädigung folgte aber in Form eines Erdbeer-Bechers Deluxe. Der brachte gute Laune und mindestens tausend Kalorien mit. Aber egal, manchmal muss man sich auch etwas gönnen.

Die Mädchen hatten mittlerweile ausgekichert und bezahlt. Nun saß ich allein am Tisch und hatte Lust und Zeit die vorbei gehenden Menschen zu beobachten. Die Sonne brachte nicht nur schöne Dinge ans Licht. Auch die obligatorischen Sandalen- und Sockensünder waren schon unterwegs. Die Liebhaberinnen von Kleidergröße 38 bei eigentlich realen 44 marschierten ebenfalls an mir vorbei.

Das Eiscafé gab es schon, seit ich mit 12 Jahren mit meinen Eltern und meiner Schwester nach Köln gezogen bin.

Mein Vater, der Berufssoldat war, ist damals nach Köln versetzt worden. In den ersten Monaten hatte ich große Probleme mit der Verständigung. In den siebziger Jahren wurde noch viel mehr Dialekt gesprochen als heute. In der Schule wurde Annemie, meine persönliche Dolmetscherin und meine erste Schulfreundin.

Ich wurde in Niedersachsen geboren. Hier sprach man das reinste Hochdeutsch. Heute spreche ich besser Kölsch als die meisten Ur Kölner. All das ging mir nun durch den Kopf.

Als ich mir gerade überlegte, ob ich bezahlen sollte, kam der Kellner an meinen Tisch.

Er stellte mir ein Glas Prosecco vor die Nase. Er grinste und meinte der wäre von dem Herrn hinter mir.

Ich drehte mich um und sah einen smarten Herrn mit grauen Schläfen. Irgendwie der Typ Kavalier alter Schule. Er lächelte und prostete mir mit seinem Glas zu. Ich erwiderte den Gruß und wie erwartet stand er auf und kam an meinen Tisch.

„ Hallo, ich bin Rainer" „ mit ai" sagte er und setzte sich ungefragt neben mich.

„ Ich heiße Ina" antwortete ich.

Nun muss ich erwähnen, dass ich fremden Männern zuerst nie meinen richtigen Namen sage. Denn der Name Ira ist selbst in Köln selten und ich hatte immer Angst, dass mich mal Jemand stalked.

Ich hatte mal sowas von einer Bekannten gehört. Seitdem bin ich vorsichtig. Da ich ein schlechtes Gedächtnis habe wählte ich deshalb Ina. Den Namen gab es öfter und ich konnte ihn mir merken.

„ Warum sitzt denn eine so hübsche Frau wie sie allein in der Sonne?" kam prompt die wenig originelle Frage. Dabei glotzte er mir ungeniert in den Ausschnitt. „ Sie haben so wunderschöne blaue Augen" kam noch der lapidare Spruch hinterher. Wo denn? Zwischen meinen Brüsten?

Ich dagegen konnte mich kaum von seinen Füßen losreißen, denn er trug….. Sandalen. Zwar ohne Socken, aber das machte die Sache auch nicht besser. Nackte Füße müssen auch vorzeigbar sein. Sonst sind Socken definitiv die bessere Wahl.

„ Danke für das Kompliment und den Prosecco" sagte ich und wühlte in der Tasche nach meinem Portemonnaie um meinen Eisbecher zu bezahlen. „ Wie? War das jetzt alles?" „Sie wollen gehen?" fragte Rainer „ Ich muss leider los, ich habe noch eine Verabredung mit meinem Freund" sagte ich und nahm ihm so gleich alle Illusionen auf ein weiteres Date.
„ Da hätte ich mir ja den Prosecco sparen können" jammerte er und stand auf. „ Den bezahle ich selbst" konterte ich. Schade um die fünf Euro. Der Prosecco war warm und viel zu süß.
Ich winkte dem Kellner und zahlte die Rechnung. Schnell raffte ich meine Tasche vom Stuhl, winkte Rainer nochmal zu und suchte das Weite.

Ich bemerkte noch wie er langsam hinter mir her kam als ich durch das Severins Tor ging. Ich legte einen Zahn zu und stieg schnell in den Bus der gerade an der Haltestelle wartete.

Durch die Scheibe sah ich noch Rainer, wie er enttäuscht wieder Richtung Eisdiele ging. Wahrscheinlich suchte er dort nach einem neuen Opfer.

Ich hatte keine Lust mehr allein in der Sonne zu sitzen und fuhr nach Hause.

Im Bus war es schwül und stickig. Eine ältere Frau wedelte sich mit einem Fächer Luft zu.

Als ich zu ihr hinüber schaute sagte sie: „ Nee wat is dat hück widder für en Hitz" was heißt, dass es heute wieder furchtbar heiß war.

Als ich an der Wohnung ankam lag ein Strauß Blumen vor meiner Tür. Was war denn heute los? Prosecco und Blumen? Ich hob die Blumen auf und schaute ob ein Kärtchen mir verrät, wer der edle Spender gewesen war.

„Sorry das es heute nicht geklappt hat mit unserem Treffen. Bekomme ich eine neue Chance? Andi" stand auf der Karte.

Also hatte Andreas doch ein schlechtes Gewissen. Und die Blumen waren wirklich schön. Ich schloss die Tür auf und suchte in der Wohnung gleich nach einer passenden Vase. Leider musste der schöne Strauß erstmal mit einem Übertopf Vorlieb nehmen. Ich nahm mir vor gleich am Montag eine passende Vase zu kaufen. Vielleicht bekam ich ja demnächst öfter Blumen?

Als ich noch darüber nachdachte klingelte mein Handy. „Hi, ich bin, s Andi" „Gefallen Dir die Blumen?"
„Ja vielen Dank, sie sind sehr schön! Wie kommen die vor meine Tür?" fragte ich.

„Ich war vorhin doch noch einmal kurz bei Dir und wollte mich entschuldigen. Aber Du warst ja nicht da." sagte er ein wenig vorwurfsvoll.
„Ich wusste nicht, dass ich zuhause auf Dich warten muss" kam es zickig von mir zurück.
„Sorry, natürlich kannst du machen was Du willst" sagte er kleinlaut. „Ich habe leider dieses Wochenende keine Zeit mehr, aber hättest Du Lust auf Kino am Montag?"

„Da kommt mein Sohn zum Essen" sagte ich und wollte dieses Treffen auf keinen Fall verschieben. Ich freute mich immer auf unsere gemeinsamen Abende. Endlich konnte ich selbst bestimmen was ich mit meiner Freizeit machte.
„O.k! Dann melde ich mich einfach nochmal nächste Woche" sagte Andi und legte beleidigt auf.

Der ruft wieder an dachte ich und machte es mir auf dem Balkon mit einem Glas kalten Prosecco gemütlich. Ich hatte von dort einen direkten Blick auf einen Biergarten. Hier oben hatte ich so das Gefühl, ich sei mittendrin und genoss den Abend. Single sein hatte auch seine guten Seiten.

Am Sonntag besuchte ich dann meine Eltern und hatte einen schönen Nachmittag bei Kaffee und Kuchen.

Meine Eltern wohnten am Stadtrand, aber nicht weit entfernt von mir, in einer wunderschönen Wohnung. Hinter dem Haus beginnt gleich eine Grünanlage. Hier hat man überhaupt nicht das Gefühl in einer Großstadt zu wohnen. Von der Terrasse konnte man auf große Kastanienbäume und Platanen blicken.

Ich ließ mich bemuttern und war froh zu sehen, dass sie gesund und munter waren. In den letzten Jahren hatten die Beiden einige ernste Erkrankungen. Meine Schwester und ich machten uns Sorgen. Ich versuchte sie so oft es ging zu besuchen.

Meine Eltern ließen sich aber nicht unterkriegen. Sie fuhren gern und oft in Urlaub und waren immer für uns da. Sie haben mich sehr oft unterstützt und Tim nach Strich und Faden verwöhnt.

Meine Mutter packte mir später noch den restlichen Kuchen ein und ich machte mich auf den Heimweg. Ich radelte durch die Grünanlage und war mit mir und meinem Leben zufrieden.

Ich überholte die Nachbarn meiner Eltern die einen Abendspaziergang machten. Frau Schneider winkte mir und rief: „ Ach Ira, jetzt hab ich Dich erst erkannt. Wie geht es Dir?"

Ich hielt an und unterhielt mich kurz mit den Beiden. Herr Schneider war ebenfalls früher bei der Bundeswehr und auch Patient in der Praxis in der ich arbeitete. „Schön das Du Deine Eltern besucht

hast. Ich wünschte unser Sohn käme auch öfter vorbei" sagte Herr Schneider.
Ich nickte und konnte sie gut verstehen. Ich verabschiedete mich und fuhr nach Hause.

Am Abend hatte ich es mir zuhause gerade gemütlich gemacht, da klingelte mein Handy.
Unbekannter Teilnehmer. Da gehe ich nicht dran.
Soll derjenige auf den Anrufbeantworter sprechen.
Dann entscheide ich ob ich zurück rufe.
Nach ein paar Minuten signalisierte mir dann das Gerät, dass jemand eine Nachricht hinterlassen hatte.
Es war Paul, der mir nur mitteilen wollte, dass er eine neue Handynummer hatte.
Wenn ich Lust hätte, könnte ich ja mal zurück rufen.
Wir verstehen uns nach der Trennung immer noch gut, vielleicht sogar besser als früher.
Er hatte in der Zwischenzeit eine Frau kennengelernt. Es war noch in der Frühphase und es gestaltete sich wohl schwierig.
Ich hatte keine Lust darauf, mir seine Probleme anzuhören. Er hatte mich in den letzten Wochen schon öfter um meinen Rat gefragt, dann aber doch genau das Gegenteil gemacht.
Das war typisch für ihn und auch ein weiterer Grund für unsere Trennung.
Am Anfang unserer Beziehung hatte mich gerade das fasziniert. Er war ein Freigeist, der immer gegen den Strom schwimmen wollte. Das war spannend aber auch auf Dauer sehr anstrengend.

Vielleicht hatte ich doch den großen Altersunterschied unterschätzt. Ein Rückruf kam erstmal nicht infrage.

Ich nahm mein Laptop und stöberte etwas bei Ebay und anderen Shoppingseiten. Mein finanzielles Budget machte es aber nicht leicht. Günstig etwas zu ersteigern war die bessere Idee. Ich hatte ein Auge auf ein süßes Sommerkleid geworfen. Die Auktion lief in dreißig Minuten aus und es stand noch bei 5,60 Euro. Vielleicht konnte ich es ergattern.
Tatsächlich konnte ich es für unter zehn Euro ersteigern und freute mich total.

Mir kam plötzlich in den Sinn, dass ich auch viele Kleidungsstücke nicht mehr trug. Schon war ich auf dem Weg zum Kleiderschrank um auszumisten. Vielleicht konnte ich so mein Konto etwas aufstocken.
Jetzt stellte sich heraus, dass es sich lohnt Markenkleidung zu kaufen. Die waren bei Auktionen gefragt.
Ich fotografierte die Stücke von der besten Seite und hatte schnell 12 Auktionen eingestellt. Jetzt hieß es warten und Daumen drücken ob Jemand Interesse hat und möglichst viel bietet.
So ging der Sonntag zu Ende und ich ging zufrieden ins Bett. Ich träumte vom großen Geld und das sich die Leute beim Bieten übertrafen.

Am Montag war wie immer in der Praxis die Hölle los. Am Vormittag hatten wir noch einen Notfall, der die ganze Sprechstunde durcheinander gebracht hat. Die notorischen Nörgler waren auch wieder am Start. Also ein Tag zum Vergessen, deshalb freute ich mich umso mehr auf den Abend mit Tim.

Auf dem Weg nach Hause ging ich noch Einkaufen, denn ich hatte versprochen meine weltberühmte Lasagne zu machen. Im Supermarkt war es, wie immer um diese Uhrzeit voll und die Verkäuferinnen an der Kasse waren genauso genervt wie ich. Ich packte alles in meine Einkaufstasche und hastete nach Hause, damit ich endlich anfangen konnte zu kochen.

Ich goss mir ein Glas Weißwein ein. Das hatte ich mir heute auch redlich verdient.

Als Tim klingelte, war ich fast fertig und wir machten es uns erstmal auf dem Balkon gemütlich. Das Wetter war für April schon richtig schön und wir deckten draußen den Tisch. Bei Wein und Kölsch ließen wir es uns schmecken.

Tim erzählte vom Studium und ich kleine Praxis-Anekdoten. Es wurde so ein richtiger Mutter-Sohn-Abend. Später half mir Tim noch beim Spülen, denn eine Spülmaschine passte nicht in meine kleine Küche.

Ich setzte mich, als Tim gegangen war, nochmal auf dem Balkon. Da es kühl wurde holte ich mir eine Decke und ein Buch und versuchte etwas zu lesen. Das wollten mir meine Nachbarn nicht gönnen, denn kurz darauf hatte das russische Ehepaar über mir einen lautstarken Ehestreit. Das Baby fing auch noch an zu schreien. Die erhoffte Ruhe war dahin. Ich war froh, dass ich solche Streitereien erstmal hinter mir hatte. Ich gab das Lesen auf und ging ins Bett.

Die Woche plätscherte vor sich hin. Ich ging abends mit meinem schwulen Freund Ralf in das Fitness-Studio. Ich machte Sport und er flirtete mit dem Trainer. Er war auch Single und ständig auf der Suche nach dem Mann fürs Leben. Wir kannten uns schon viele Jahre. Nachdem Ralf sich vor ein paar Monaten von seiner großen Liebe getrennt hatte, war ich fast jeden Tag bei ihm oder wir telefonierten. Er war damals am Boden zerstört. Jeden neuen Mann den er kennen lernte verglich er mit Frank. So konnte das natürlich nichts werden. Nach dem Training tranken wir noch einen Kaffee an der Bar des Studios und Ralf meinte: „Das war ja heute wieder anstrengend.
"Ich musste laut lachen, denn er hatte nur ein paar Minuten auf dem Stepper verbracht und sich dabei pausenlos in den großen Spiegeln, die den Raum vergrößern sollten, betrachtet.
„Wenn Du so weiter machst wirst Du bestimmt nächstes Jahr Mr. Universum" ärgerte ich ihn.
Er zwickte mich in den Arm und drückte mich dann.
„Ich hab Dich lieb!" sagte er und ich antwortete:
„Nicht so doll wie ich Dich!"

Da das Wetter weiterhin schön war, fuhr ich am Donnerstagabend noch mit dem Fahrrad zum

Decksteiner Weiher und sonnte mich auf einer Parkbank.

Ein älterer Mann setzte sich irgendwann neben mich und wir beide unterhielten uns eine Weile über Gott und die Welt. Es stellte sich heraus, dass er ein pensionierter Lehrer war und eine Menge interessanter Dinge zu erzählen hatte. Er war viel gereist und kannte die halbe Welt. Wir saßen fast eine Stunde zusammen und verabschiedeten uns mit den Worten. „Es hat mich sehr gefreut sie kennengelernt zu haben. Vielleicht sehen wir uns mal wieder hier auf der Bank?"

Ich hatte nichts dagegen. Er war ein sehr netter Mann. Als er gegangen war setzte ich mich auch kurz darauf wieder auf mein Rad und fuhr nach Hause.

Auf halber Strecke klingelte mein Handy. Ich angelte es aus meinem Fahrradkorb und versuchte es mir ans Ohr zu drücken. Dabei wäre ich fast in den Graben gefahren und ich stieg lieber ab.

„Hi, hier ist Andi, wie geht es Dir? Ich hatte ja versprochen Dich anzurufen!"

Stimmt, dass hatte er. Ich hatte es fast vergessen und nicht wirklich damit gerechnet. Er hatte sich auch früher nur sporadisch gemeldet.

„ Alles klar bei mir. Ich bin gerade mit dem Fahrrad unterwegs!" sagte ich.

„ Hast Du nächste Woche Zeit für ein Treffen? Am Wochenende kann ich leider nicht. Ich habe den Kindern versprochen etwas mit Ihnen zu unternehmen."

Andreas hatte Zwillinge. Er lebte getrennt und hatte die Kinder jedes zweite Wochenende.

„Nächste Woche ist o.k. Ich habe bis auf Mittwochabend noch nichts vor" antwortete ich. „Dann weiß ich Bescheid. Schönes Wochenende für Dich!" sagte Andi und legte auf.

Am nächsten Tag hatte meine Kollegin Simone Geburtstag. Nach der Sprechstunde gab es Sekt und Schnittchen und wir alle gingen froh gelaunt ins Wochenende. Für Abends war eine Feier geplant. Simone und ich trafen uns in der Altstadt. Sie hatte noch weitere Freundinnen eingeladen. Die anderen drei Frauen waren Britta, eine kleine pummelige frühere Kollegin von Simone. Marie war eine Freundin aus Kinderzeiten. Sie war groß und schlank und trug ihr Haar Raspel kurz und blondiert. Conny war eine Nachbarin von Simone. Sie hatte einen brasilianischen Vater und einen wunderschönen kaffeebraunen Teint und schwarze Augen. Leider hatte sie ziemlich abstehende Ohren und versuchte pausenlos ihre Haare darüber zu zupfen. Ich kannte alle schon von früheren Treffen. Mit ihnen wollten wir uns direkt im Brauhaus treffen.

Es war wie immer überfüllt und voller Touristen aus aller Welt. Es herrschte eine Geräuschkulisse wie im Fußballstadion, wenn ein Tor gefallen ist. Simone hatte einen Tisch reservieren lassen und bestellte erst einmal eine Runde Kölsch. Der Köbes hatte gute Laune und stellte sich als Trinkgeldschwätzer heraus. Er hatte jede Menge gute Tipps für Sehenswürdigkeiten in Köln parat. Wahrscheinlich hat er nicht mit Original Kölnerinnen gerechnet. Wir ließen ihn in dem Glauben und amüsierten uns köstlich. Am Nebentisch saß eine Gruppe Japaner, die sich gegenseitig fotografierten und später ungläubig schauten als ihre Speisen serviert wurden. Wer gerne Sushi und leichte asiatische Küche aß, bekam erstmal Angst beim Anblick riesiger Haxen und Schweinebraten mit Klößen.

Nachdem wir ein paar Bier getrunken und eine Kleinigkeit gegessen hatten entlohnten wir den geschwätzigen Kellner großzügig und machten uns auf den Weg zu einem nahegelegenen Club.

Als wir ankamen mussten wir erst durch die Gesichtskontrolle und am Türsteher vorbei.
Das Rheingold war ein Club für Besucher, die überwiegend älter als dreißig waren.
Hier fühlten wir Mädels uns wohl, da wir alle über vierzig sind. Die üblichen Clubs und Diskotheken waren nichts mehr für uns. Wer will schon gerne milde belächelt werden wenn man tanzen geht. Da hatte man immer den Eindruck, dass die Jugend nur darauf wartet, dass man mit Herzproblemen oder Hexenschuss von der Tanzfläche getragen werden musste.
Im Rheingold war das Publikum gesetzt aber die Preise dafür gesalzen.
Das war für uns heute kein Problem. Kurz nachdem wir uns an einen kleinen Tisch gesetzt hatten, wurden wir von einer Gruppe Männer fröhlich begrüßt und zum ersten Drink eingeladen.

Das taten die Herren gern, denn es ging alles auf die Spesenrechnung einer Versicherungs-gesellschaft.

So hatten wir Glück und Simone atmete auf. Sie hatte schon befürchtet, dass die Rechnung an ihr, dem Geburtstagskind, hängen blieb.

Unter den Männern der Gruppe war Einer, der sich immer mehr in meine Nähe vorschob.

Er grinste mir über die Köpfe der Anderen zu. Irgendwann stand er dann neben mir und stellte sich als Jens vor. Ich blieb wieder bei Ina. Wir unterhielten uns eine Weile, als er mich fragte ob ich mit ihm tanzen möchte. Und tanzen konnte er.

Der Mann hatte wirklich den Rhythmus im Blut und es machte richtig Spaß sich von ihm führen zu lassen. Er verriet mir später, dass er lange die Tanzschule besucht hatte und vor kurzem mit einem Tango Kurs begonnen hatte.

Leider teilte er mir dann in einem Nebensatz mit, dass er das gemeinsam mit seiner Frau tat. Es wäre ja auch zu schön gewesen. Ein gutaussehender Mann in meinem Alter der auch noch tanzen konnte. Der musste ja verheiratet sein!

Trotzdem wurde es ein sehr schöner Abend. Die Männergruppe war sehr nett und unterhaltsam. Außerdem war keiner von Ihnen anzüglich oder versuchte uns zu bedrängen. Wir Mädels verabschiedeten uns weit nach Mittenacht und als ich schon meinen Mantel an der Garderobe holte, stand Jens plötzlich hinter mir.

„ Meinst Du wir können uns mal wiedersehen?" hörte ich ihn fragen.

„Ich glaube, dass ist keine gute Idee. Tanz den
Tango lieber mit Deiner Frau!"
Ich gab ihm einen Kuss auf die Wange, winkte und
ging zum Ausgang.

Ich verabschiedete mich vor der Tür von den
anderen Frauen und schlenderte die Straße
Richtung Taxistand hinunter. Es waren noch viele
Menschen unterwegs. Überwiegend junge Leute,
die sich lauthals unterhielten und lachten. Die
meisten machten den Eindruck mehr getrunken zu
haben als gut für sie war. Es war sehr schwül und
ich war froh, dass der Taxifahrer die Klimaanlage
eingeschaltet hatte.
Er fuhr mich schweigend zu meiner Wohnung und
kassierte ohne ein Wort sein Trinkgeld.
Ich ärgerte mich, dass ich ihm überhaupt eins
gegeben hatte.

Ich ging gleich unter die Dusche, zog mir ein langes
T-Shirt über und setzte mich ins Wohnzimmer. Da
ich noch nicht schlafen konnte, machte mir einen
Tee und schnappte mir mein Laptop.
In der Zwischenzeit hatte ich 185 Euro bei Ebay
verdient und ich konnte mein
Glück kaum fassen. Das kam auf das Sparbuch,
denn ich hatte die Hoffnung auf einen Kurzurlaub in
der Sonne noch nicht aufgegeben. Ein Last Minute
Schnäppchen konnte ich mir, wenn es so
weiterging, doch noch leisten.
Ich sah mich im Zimmer um und überlegte, was ich
noch für die Einrichtung brauchte. An der langen
Wand gegenüber meiner bequemen schwarzen

Ledercouch, fehlte definitiv noch ein schönes Bild. Ich hatte den Schrank aus der gemeinsamen Wohnung mit Paul mitgenommen. Er hatte ihn mir überlassen, da er nicht in sein Appartment passte. Der Schrank war schwarz-weiß und passte perfekt zu der Couch. Ich hatte mir noch einen kleinen Couchtisch aus Glas gekauft und ein Esstisch mit vier Stühlen passte auch noch in den Raum. Vor dem Balkonfenster stand eine große Palme. Pflanzen mussten in meine Wohnung, sonst fühlte ich mich nicht wohl.

So langsam wurde ich müde. Im Kühlschrank stand noch eine angebrochene Flasche Weißwein. Ich schüttete mir den Rest in mein Teeglas und nahm es mit in mein Schlafzimmer.

Ich drehte das Radio an, das auf meinem Nachttisch stand und legte mich ins Bett. Es lief entspannende Musik. Um diese Zeit gab es bei dem Sender keine Unterbrechungen. Es lief ein Song nach dem Anderen. Ich trank meinen Wein und fühlte mich wohl. Ich löschte das Licht, stellte das Radio aus und war auch gleich darauf eingeschlafen.

Am frühen Morgen wachte ich plötzlich durch ein heftiges Gewitter auf. Es blitzte und donnerte, dass mir angst und bange wurde. Schluss mit Sonnenschein und Sandaletten. Ich hatte gehofft, am Wochenende noch etwas das schöne Wetter genießen zu können.

Andreas fiel ja aus, da er seine Kinder zu Besuch hatte. Bei Regen fielen mir auch nicht viele Alternativen für eine Zerstreuung ein.

Meine Eltern waren in den Kurzurlaub gefahren, Tim war mit seiner Freundin unterwegs und Ralf musste arbeiten. Er kellnerte in einer Schwulen-Bar. Manchmal besuchte ich ihn dort. Mittlerweile kannte ich dort auch schon einige der Gäste. Als Frau hatte ich dort schon lustige Stunden verbracht.
Ich blieb noch eine Weile unter meiner warmen Decke liegen. Gegenüber meinem bequemen Bett stand der neue Kleiderschrank. Bei dem Aufbau hatte mir Paul geholfen. Allein hätte ich das nie geschafft. Es gab genügend Platz für meine Klamotten, Handtaschen und Schuhe.
Die passende kleine Kommode hatte ich selbst zusammengebaut. Ich war stolz auf mich.
Nach dem ersten Blick auf die Anleitung hatte ich erst gedacht, es sei ein Strickmuster.
Aber zum Schluss hatte ich es doch geschafft sie zu entziffern.
Ich hatte mir in einem Antikladen einen alten Spiegel gekauft, der genau an die Wand neben der Tür passte.

Ich stand auf, frühstückte und setzte ich mich wieder an das Laptop. Ich stöberte etwas auf der Seite des Köln.de Portals. Hier bekam man oft gute Tipps für Unternehmungen und Veranstaltungen in Köln und Umgebung.
Auf dieser Internetseite gab es auch ein Chat Portal.
Hier konnten sich Leute anmelden, die Dinge verkaufen wollten. Man konnte auch Karten für Konzerte tauschen oder einfach nur andere nette Leute kennenlernen.

Zusätzlich konnte man einen privaten Chat eröffnen und dort mit Einzelpersonen über private oder auch intime Dinge schreiben.
Ich hatte damals versucht im offenen Chat noch Konzertkarten für Phil Collins zu bekommen und dabei Andreas kennengelernt.

Andi2009 war sein Nick Name. Nicht sehr originell. Ich hatte mich zu etwas Kreativeren entschlossen. Es sollte etwas mit Köln und mit mir zu tun haben. Also wurde es Colonina. Auch hier war mir die Endung auf Ina lieber.
Er hatte mich im Chat angesprochen und mir erzählt, dass ein Freund zwei Karten für das Konzert abgeben wollte.
Seine Frau erwartete ein Kind und sie hatte Angst, dass es ihr zu anstrengend werden könnte.
Er würde ihn fragen und wir verabredeten uns erneut zum Chat.

Als ich mich etwas später nochmal einloggte war er schon da. Er hatte einen Privatchat unter dem Namen „Privatkonzert" eröffnet. Da ich jetzt online war konnte ich gleich oben im Info Fenster lesen: „Andi2009 hat Colonina in den Raum Privatkonzert eingeladen. Wollen Sie annehmen?"

Ich klickte auf o.k. und schon sah ich meinen Namen neben Andi2009 stehen.
So einen Privatchat hatte ich noch nie gemacht und war tatsächlich etwas aufgeregt.

Ich hatte gehört, dass sich dort auch einige User zum Sex verabredeten. Ich war gespannt was mich erwartete.

Andi schrieb mir aber gleich, dass die Konzertkarten schon im Bekanntenkreis seines Freundes einen neuen Abnehmer gefunden hatten. Es täte ihm leid. Und mir erst! Ich hatte mich schon so gefreut, dass ich doch noch an Karten für mich und Tim kommen konnte.

Das Konzert war schon seit Monaten ausverkauft.

Ich wollte ihm schon für seine Mühe danken und mich verabschieden, da schrieb Andi „ Mir gefallt dein User Foto. „Bist Du das wirklich?"

Ich wunderte mich etwas, als Andi weiter schrieb.

„Weißt Du, manche Leute posten Fotos von Freundinnen, Schauspielerinnen oder Modells, da weiß man nie was echt ist!"

„Nein sowas mache ich nicht." schrieb ich zurück.

„Auf dem Foto bin ich, während meines letzten Urlaubs am Gardasee. Es ist ziemlich aktuell."

„Sehr hübsch „ antworte Andi. „Mein Foto ist auch echt. Nur habe ich jetzt eine Brille auf. Beim Schreiben brauche ich sie, sonst nicht."

Andreas sah ganz gut aus. Er hatte ein schmales Gesicht, dunkle Haare und schöne Augen.

Ich überlegte, wie er wohl mit Brille aussah.

„ Ich würde nie falsche Fotos einstellen." sagte ich.

„Spätestens beim ersten Date wird es doch sonst peinlich." Ich lachte bei der Vorstellung, ein Foto von Claudia Schiffer, statt mein eigenes, eingestellt zu haben.

Ich sah für mein Alter recht gut aus. Jedenfalls bestätigen mir das die Männer und manchmal auch Frauen, obwohl die das nicht gerne zugeben.
Ich bin mittelgroß, blond und habe blaue Augen. Die Rundungen sind an der richtigen Stelle.
Gerne würde ich ein paar Kilo weniger wiegen, aber welche Frau möchte das nicht.

„Hast Du Lust mal einen Kaffee mit mir trinken zu gehen?" fragte Andreas.
Zu dieser Zeit war ich ja noch mit Paul zusammen und sagte erstmal: „ Ich glaube nicht."
„Vielleicht können wir ja hier nochmal chatten?"
Andreas gab nicht so schnell auf.
„Das können wir gern machen" antwortete ich und verabschiedete mich. „ Bis bald Andi2009"
Ich loggte mich aus, bevor er noch etwas zurück schreiben konnte.

Ich schaute kurz noch in den Veranstaltungskalender. Außer einem Trödelmarkt auf dem Ikea Parkplatz interessierte mich an diesem Wochenende nichts was angeboten wurde. Selbst das war bei Regen nicht schön. Ich überlegte, ob ich mich wieder in den Chat einloggen sollte, wurde aber durch die Türklingel davon abgehalten.
Es war der Postbote mit meinem Auktions-Schnäppchen. Das erinnerte mich daran, dass ich

meine versteigerte Ware auch noch verschicken musste.

Das Sommerkleidchen war ein Traum und passte perfekt. Schade das ich es jetzt erstmal nicht tragen konnte. Es war empfindlich kalt geworden.

Aber wenn ich etwas will, bin ich erfinderisch. Ich zog ein Top darunter und eine Jeansjacke darüber und schon war es Apriltauglich.

Ich suchte Kartons zusammen, die ich teilweise noch vom Umzug übrig hatte und verpackte die Sachen, die zur Post sollten. Ich quetsche alles in den Fahrradkorb oder hing es in Taschen an den Lenker.

Mein Nachbar von oben fragte als er mich sah: „ Ziehen Sie wieder aus?" und grinste.

Ich konterte: „Nein, ich bin dieses Jahr früher dran mit den Weihnachtsgeschenken!" und schob das Fahrrad Richtung Postfiliale.

Dort war, wie immer am Samstag, die Hölle los. Als ich mich in die Schlange einreihte hörte ich wie der Kunde vor mir stöhnte und sagte: „ Jetzt stehe ich schon 40 Minuten hier. Das dauert heute wieder ewig."

Ich war dann doch nach dreißig Minuten endlich an der Reihe. Die gestresste Postmitarbeiterin verdrehte die Augen als sie meine Päckchenflut sah.

Als ich endlich auf dem Heimweg war, fing es wieder an zu regnen. Ich schaffte es gerade bis nach Hause, bevor ich völlig durchnässt war.

Der Samstagnachmittag plätscherte so vor sich hin.
Ich kochte mir etwas zum Mittagessen, schaute
Fernsehen und las in dem Buch, das ich schon
dreimal angefangen hatte. Irgendwie kam ich immer
bis zu einem Punkt und dann wurde es langweilig.

Ich überlegte, ob ich Paul anrufen sollte.
Vielleicht hatte er Lust etwas mit mir zu
unternehmen. Er ging auch gleich an sein Handy
und meinte: „Du lebst ja noch!"
„Ja und das sehr gut" antwortete ich.
„Bist Du verplant dieses Wochenende oder hast Du
Lust auf Kino oder quatschen?" fragte ich ihn.

Paul hatte Zeit und wir verabredeten uns auf einen
Kaffee in unserem Lieblings Café
am Barbarossaplatz. So hatten wir Beide ungefähr
den gleichen Anfahrtsweg.
Als ich ankam saß er schon an einem kleinen Tisch
am Fenster.
„Hab Dich schon kommen sehen. Neues Kleid?
Sehr chic" sagte er und zwinkerte mir zu.
„Hab ich im Internet geschossen" sagte ich und
setze mich zu ihm. Ich bestellte einen Milchkaffee
und einen Muffin. Paul hatte schon einen Espresso
getrunken und bestellte sich jetzt ein Kölsch.
„Was gibt es Neues an der Beziehungsfront?" wollte
ich wissen als die Kellnerin sich entfernte.

„ Schwierige Sache mit Michaela. Sie hat in ihrer
Ehe viel mitgemacht und ist für eine neue
Beziehung nicht wirklich bereit." stöhnte Paul.

Er hatte schon oft davon gesprochen wie kompliziert es mit seiner neuen Freundin ist. Sie ist jünger als ich, aber immer noch deutlich älter als Paul. Er konnte mit gleichaltrigen Frauen nichts anfangen. Das hat er mir damals gleich gesagt, als wir uns kennen gelernt haben.

„Ich hatte am Anfang auch ein Problem mit dem Altersunterschied" sagte ich.
„Das ist es nicht allein. Sie hat ein behindertes Kind, dass ihre ganze Aufmerksamkeit braucht. Sie will sich auch deshalb nicht wieder binden."

Ich wusste, dass sie drei Kinder hatte, aber bisher nicht, dass eins davon behindert war.
„Gib ihr Zeit. Wenn Du sie bedrängst, wird sie sich erst recht zurückziehen" versuchte ich es Paul zu erklären.
Aber er hatte schon wieder einen seiner nicht enden wollenden Monologe begonnen.
Jetzt brauchte ich nur noch zu nicken. Ich kam sowieso nicht mehr zu Wort. Ich bestellte mir ein Glas Wein und versuchte ihm zu folgen.

Am Nebentisch saß ein junger Mann und las eine Zeitung. Er schaute zu mir rüber und zog mitleidvoll die Augenbrauen hoch.

Paul störte es nicht, wenn er mit den Leuten um uns herum seine Lebensgeschichte teilte. Mir wurde es aber langsam peinlich.
Irgendwann schaltete ich ab und trank meinen Wein aus. Ich schaute mich in dem Café um.

Es war mit Antiquitäten buntgewürfelt eingerichtet. Um die alten Tische waren die verschiedensten Stühle platziert. Unter der Decke hingen unzählige Lampen aus der Zeit um die Jahrhundertwende bis in die siebziger Jahre. Häkeldeckchen und verstaubte Bücher lagen auf den Tischen.

Die Gäste waren genauso unterschiedlich wie die Einrichtung. Zwei ältere Damen tranken Kaffee und Eierlikör. Die eine hatte Spitzenhandschuhe an. Sie sah aus, als ob sie viel Geld hatte.
Eine dicke Goldkette hing an ihrem Hals und sie trug auffallende Ohrringe mit Perlen.
Die andere Frau hatte fast weiße Haare und eine moderne Brille auf der Nase. Die beiden lachten und bestellten sich noch einen Likör.
Daneben saß eine junge Frau mit einem etwa drei Jahre alten Mädchen. Die Kleine quengelte, weil sie noch ein Eis haben wollte. Ihre Mutter, eine überfordert aussehende Frau mit einem Pferdeschwanz, nahm das Mädchen auf den Arm und flüsterte ihr etwas ins Ohr. Die Kleine lächelte plötzlich und gab ihrer Mutter einen Kuss auf die Wange.

„Das interessiert Dich nicht wirklich, oder?" fragte Paul plötzlich.
„Das Dir das auffällt!" lachte ich.
„ Ich dachte Du merkst das erst, wenn ich eingeschlafen bin und vom Stuhl falle!"
Ich konnte so mit ihm reden.
Er nahm nichts übel. Hauptsache man war ehrlich.
Das war eine seiner guten Seiten.

Danach unterhielten wir uns noch etwas über unsere Familien und unsere neuen Wohnungen. Paul hatte ein kleines Appartement bezogen und hatte sich eine Katze gegen die Stille in der Wohnung gekauft.
Deshalb musste er sich jetzt wieder auf den Heimweg machen. Das Kätzchen war noch ganz jung und er hatte Angst um seine Einrichtung.
Er bezahlte und ich bestellte mir noch ein Glas Wein. Ich hatte noch keine Lust nach Hause zu gehen. Es wartete ja noch nicht mal ein Haustier.

„Sie haben Nerven aus Stahl!" kam es vom Nebentisch. „Ich wäre schon vor einer Stunde gegangen!"
„Das ist der Grund, warum der junge Mann jetzt mein „Ex" ist!" sagte ich und lachte.

„Gute Entscheidung. Ich heiße übrigens Lars" sagte der Nebentischmann und fragte:
„Möchten Sie sich zu mir setzen?"

Das tat ich dann auch. Wir unterhielten uns noch eine ganze Weile über alles was uns so einfiel. Lars war sehr sympathisch und wir lachten viel. Er war vielleicht Ende zwanzig und hatte einen Lockenkopf. Sommersprossen zierten seine Nase und er hatte wunderschöne weiße Zähne. Er erzählte mir, dass er Medizin studierte.
Er wollte später einmal Kinderarzt werden.
„Falls ich mal einen neuen Job brauche dann fange ich bei Dir an!" sagte ich und erzählte ihm, dass ich Arzthelferin bin.

„Unbedingt" sagte Lars und wollte mir noch ein Glas Wein bestellen. Ich entschied mich dagegen.
Ich hatte schon leichte Koordinationsstörungen und wollte mich nicht daneben benehmen.
Es war besser nach Hause zu fahren. Ich verabschiedete mich von Lars, der zum Abschied fragte, ob ich ihm meine Handynummer geben könnte.
„Wegen dem Jobangebot" sagte er und grinste.
Ich schrieb sie ihm auf, nahm meine Tasche und ging leicht schwankend aus dem Café.
Unterwegs fiel mir auf, dass ich einen Zahlendreher in die Handynummer eingebaut hatte.
Was zwei Gläser Wein ausmachen können. Ich zuckte die Schultern und dachte, dass es vielleicht gar kein Versehen war. Ich wollte doch Single bleiben.

Zuhause angekommen ging ich nur noch unter die Dusche und dann ins Bett.

Der nächste Tag war ein Sonntag. Ich konnte ausschlafen und stand erst um halb elf auf.
Ein Blick aus dem Fenster ließ mich gleich überlegen, ob ich mich nicht wieder hinlegen sollte.
Nieselregen und ein grauer Himmel breitete sich über Köln aus.
Ein Wetter um Depressionen zu bekommen. Ich zog mich an und ging zum Bäcker um die Ecke. Mit frischen Brötchen im Gepäck lief ich schnell wieder nach Hause. Es war nicht nur nass, sondern auch richtig kalt geworden. Jetzt war es gut, das ich einen dicken Pullover angezogen hatte. Im

Treppenhaus kam mir die ältere Nachbarin entgegen. Sie schimpfte auch über das Wetter und zog ihren Hund, der auch keine Lust auf nasse Pfoten hatte, hinter sich her.

„Der Leo mag den Regen auch nicht" erklärte meine Nachbarin mit Blick auf den Hund und steuerte die Haustür an.

„Trotzdem einen schönen Sonntag!" wünschte ich ihr und freute mich auf mein Frühstück und einen starken Kaffee.

Am Nachmittag schnappte ich mir mein Laptop und surfte etwas im Internet. Auf einmal fiel mein Blick auf eine Werbe Anzeige rechts oben auf der Homepage eines Schuh-Shops.

Erstflirtendannverlieben.de versprach nette Kontakte mit gleichgesinnten Singles in meiner Nähe.

Eine Dating Seite hatte ich noch nie besucht. Die Neugierde stieg in mir hoch. Hatten mir doch schon mehrere Freundinnen und Kolleginnen von ihren Erfahrungen erzählt.

Allesamt waren enttäuscht über die Tatsache, dass so viele Männer einfach nur Sex suchten.

Und die meisten waren auch noch verheiratet.

Darauf hatte ich keine Lust. Vielleicht würde ich an einen Psychopathen geraten. Ich verwarf den Gedanken mich dort anzumelden gleich wieder und konzentrierte mich doch lieber auf die Angebote des Schuhhändlers.

Am frühen Abend rief Andreas wieder an. Die Kinder waren von ihrer Mutter abgeholt worden und er hatte Lust auf Kino.

„Kommst Du mit ins Off Broadway? Dort zeigen die heute eine richtig angesagte deutsche Komödie." fragte er.

Alles war besser als allein zuhause zu hocken. Deshalb sagte ich gern zu und Andreas holte mich eine halbe Stunde später ab.

Ich tauschte meinen Jogginganzug gegen Bluse und Jeans und gab mir Mühe beim Makeup. Eigentlich Quatsch, dachte ich, wir sitzen doch nur im Dunkeln.

Andreas pfiff anerkennend, als ich zu ihm ins Auto stieg. „Ich freue mich, dass Du mitkommst. Ich habe Dich vermisst." sagte er.

Ich wollte schon sagen: „An mir hat es nicht gelegen!" Aber ich schluckte es herunter und sagte stattdessen: „Ich finde es auch schön Dich zu sehen!"

Wir parkten ein ganzes Stück vom Kino entfernt in einer Seitenstraße und gingen Richtung Zülpicher Platz. Unterwegs griff Andreas plötzlich nach meiner Hand. Er hielt mich fest und sagte: „Ich glaube, Du weißt gar nicht wie sehr ich Dich mag. Ich denke sehr oft an Dich!"

Jetzt war ich doch überrascht. Er hatte sich eigentlich immer nur sporadisch gemeldet. Ich hatte den Eindruck, dass ihm das reichte. Nach unserem ersten Kennenlernen im Chat war ich nach zwei

Wochen noch einmal online und hatte eine persönliche Nachricht von ihm in meinem Postfach:

„Ruf mich doch mal an. Ich schreibe Dir hier meine Handynummer. Die Einladung zum Kaffee trinken steht immer noch. Andi"

Ein paar Tage später hatte ich eine heftige Auseinandersetzung mit Paul und rief Andreas abends an. Wir verabredeten uns für den nächsten Tag. Da es ein Mittwoch war, hatte ich nachmittags frei und wir trafen uns in der Innenstadt. Wir hatten uns an einem Brunnen am Alter Markt verabredet. Wir kannten uns bisher nur vom Foto.
Da wir aber beide Originalfotos eingestellt hatten, war es einfach sich zu erkennen. Ich stand noch keine fünf Minuten am Treffpunkt, als mir Jemand auf die Schulter tippte.
„Du bist ja noch viel hübscher als auf dem Foto!" sagte Andreas und drückte mich zur Begrüßung.

„Danke, Dein Foto wird Dir auch nicht gerecht." Andreas hatte ein sehr scharf geschnittenes Gesicht und unheimlich schöne grüne Augen. Jetzt trug er einen 3 Tage Bart und sah sehr männlich aus. Er trug Jeans und ein schwarzes Hemd. Ich hatte mich für ein luftiges Sommerkleid mit blau-weißen Streifen entschieden. Dazu trug ich dunkelblaue Ballerina Schuhe. Er sah mich an und sagte:
„Das Kleid steht Dir ausgezeichnet."
Ich lächelte ihn an und wurde etwas verlegen.

Wir gingen gemeinsam in Richtung eines Cafés, das Andreas ausgesucht hatte. Dort angekommen rückte er mir den Stuhl zurecht und reichte mir die Speisekarte. Das hatte schon ewig kein Mann für mich gemacht.
Wir bestellten unsere Getränke und unterhielten uns, als ob wir uns schon ewig kennen würden. Es gab keinerlei Berührungsängste. Die Chemie stimmte, wie man so schön sagt.
Er erzählte mir, dass er Berufssoldat sei und früher eine Weile in Kabul stationiert war. Das imponierte mir sehr. Durch seine Auslandseinsätze sei seine Ehe zerbrochen und die Scheidung war eingereicht. Man lebte schon getrennt.

Er fragte auch mich nach meiner Vergangenheit und ich erzählte ihm, dass ich noch mit Paul zusammen war. Ich erwähnte den Altersunterschied und er meinte: „Dafür seid ihr aber schon lange zusammen. Acht Jahre schaffen gleichaltrige Paare manchmal nicht!"
„In letzter Zeit denke ich oft an Trennung. Es passt in vielen Dingen nicht mehr zusammen." sagte ich

Er nahm meine Hand und küsste meine Finger. Ich wurde ganz schön nervös und wahrscheinlich auch rot im Gesicht. Auf jeden Fall wurde mir warm.
„Es ist schön, dass Du mich angerufen hast. Ich war nicht sicher, ob Du Dich melden würdest." sagte er.

Ich erklärte ihm, dass ich eigentlich aus Wut über Paul angerufen hatte und Andreas erwiderte: „Da bin ich ihm aber dankbar." und lachte.

Wir saßen noch eine Weile zusammen, als das Handy von Andreas klingelte. Er schaute auf das Display und ließ es klingeln. Kurz danach bekam er eine SMS.

Ich hatte den Eindruck, dass er danach ziemlich unruhig wurde und etwa zehn Minuten später meinte: „Ich muss leider gehen. Ich kann mein Auto doch noch heute aus der Werkstatt holen."

Das stand wohl in der SMS.

Er zahlte unsere Rechnung und wir verabschiedeten uns auf der Straße. Er sagte: „Wir sehen uns doch wieder? Gib mir doch bitte noch eine Chance!"

Er sah mir in die Augen und küsste mich leicht auf den Mund. In diesem Moment wusste ich, dass ich ihn wiedersehen würde.

Wir haben uns danach noch ein paarmal getroffen, als mich Paul eines Abends fragte: „Hast Du Jemanden kennengelernt?" Ich war zuerst erschrocken und dann erstaunt, dass er Bescheid wusste.

„Du bist so anders in der letzten Zeit. Ich weiß, man macht das nicht, aber ich habe deine Nachrichten auf dem Handy gelesen."

Jetzt war ich ertappt und schämte mich. Danach war ich wütend, dass Paul einfach mein Handy durchsucht hatte.

Es gab ein Wort das Andere und endete in einem bösen Streit. Nach einer schlaflosen Nacht war ich mir am nächsten Morgen sicher. Ich hatte mich für die Trennung entschieden und sagte es Paul am Abend.

„Schon klar. Ich will auch die Trennung. Ich bin einfach nur enttäuscht und wütend!" war sein Kommentar.

Ich hatte ihn nicht betrogen. Andreas und ich hatten uns bis dahin nur dieses eine Mal geküsst. Aber ich hatte trotzdem ein schlechtes Gewissen.

In den nächsten Wochen suchten wir uns neue Wohnungen und am Tag des Abschieds gab es doch Tränen. Wir hatten auch sehr schöne Zeiten und eine Trennung tat immer weh. „Lass uns Freunde bleiben!" sagte Paul und ich war sicher, dass uns das gelingen konnte.

Jetzt stand ich mit Andreas auf der Straße und wir schauten uns in die Augen. „Ich weiß, dass Du noch keine neue Beziehung suchst. Aber ich möchte Dich gern öfter sehen. Ich glaube ich habe mich verliebt." Andi küsste mich.

„Lass es uns langsam angehen!" sagte ich. Ich mochte Andreas sehr, aber irgendetwas störte mich. Er war mir sehr vertraut, aber es gab Momente, da hatte ich das Gefühl, dass er nicht ehrlich war. Und ich konnte mich eigentlich immer auf mein Gefühl verlassen.

Im Kino angekommen kaufte Andreas die Karten und wir setzten uns in die vorletzte Reihe. Der Film war gut besucht und man hörte das übliche Rascheln von Popcorntüten und Geflüster.

Als der Film anfing nahm Andreas meine Hand. Ich genoss das Gefühl der Nähe.
Die Komödie war wirklich super. Die Werbung hatte nicht zu viel versprochen.
Bei manchen Szenen liefen mir vor Lachen die Tränen. Als der Abspann lief, musste ich immer noch lachen und Andreas fragte: „Hat es Dir gefallen?"
Ich nickte und sagte: „Das war eine gute Idee. Der Film war spitze! Vielen Dank für die Einladung!"

Wir warteten bis sich das Kino fast geleert hatte und gingen dann durch einen Nebeneingang ins Freie.
Wir bummelten in Richtung Parkplatz. Ich musste in Gedanken an den Film immer noch schmunzeln.
Als wir dann beim Auto ankamen hatte uns jemand zugeparkt.
Andreas fluchte und es dauerte eine gefühlte Ewigkeit bis wir endlich losfahren konnten. Er wirkte genervt.

Als wir vor meinem Haus ankamen hatte er sich wieder beruhigt und er küsste mich lange zum Abschied.
Ich überlegte, ob ich ihn noch fragen sollte, ob er etwas bei mir trinken möchte.
Da klingelte sein Handy. Er steckte das Telefon schnell ins Handschuhfach und sagte:
„Ich rufe Dich morgen an!".
Damit nahm er mir die Entscheidung ab.
Ich stieg aus und sagte: „ Gute Nacht!"

Am Montag wachte ich mit dem Gedanken auf, dass ich nur noch eine Woche arbeiten musste. Dann war Ostern und die Praxis für eine Woche geschlossen.

Nach der Dusche radelte ich mit dem Fahrrad zur Arbeit. Meine neue Wohnung lag nur zwei Kilometer von der Praxis entfernt. Es war so kalt, dass ich meine Finger kaum bewegen konnte als ich mein Fahrrad abschloss. Hoffentlich wurde es bis Ostern wieder etwas wärmer, damit ich an meinen freien Tagen auch etwas unternehmen konnte.

Vor der Praxistür standen, wie immer am Montagmorgen, schon einige Patienten. Ich konnte kaum die Tür aufschließen, weil keiner seinen Platz aufgeben wollte.

Ich war morgens immer die Erste. Ich startete alle Rechner, suchte Karteikarten heraus und kochte schon Kaffee. Während der Sprechstunde kam man dann nicht mehr dazu.

Ich zog meine Praxiskleidung an und nahm meinen Kaffeebecher aus dem Schrank. Ich hörte meine beiden Kolleginnen, wie sie die Tür öffneten und den Patienten sagten: „Einen kleinen Moment bitte noch, wir öffnen gleich pünktlich um acht Uhr!"

Simone arbeitete jetzt fast drei Jahre in der Praxis. Gaby hatte sogar schon vor mir dort angefangen. Sie hatte schon ihre Ausbildung in der Praxis gemacht. Wir waren ein prima Team. Es gab keinen Zickenkrieg. Probleme wurden direkt angesprochen. Damit waren wir immer gut gefahren.

Simone war Anfang Vierzig, Single wie ich und
hatte überhaupt kein Glück mit Männern.
Sie geriet immer wieder an Männer, die sie nur
ausnutzten. Irgendwie fiel sie immer wieder auf den
gleichen Typ Mann herein. Sie war groß und
schlank mit rötlichen Haaren und sah gut aus.
Aber bisher hatte sie erst eine Beziehung, die
länger als ein paar Wochen anhielt.
Gaby war ein gutmütiger Mensch. Manchmal
glaubte ich, sie leidet an einem Helfersyndrom.
Sie war schon fast krankhaft Harmoniesüchtig. Allen
wollte sie es Recht machen und blieb dabei selbst
auf der Strecke.
Anderseits war sie aber auch sehr eigen. Wenn sie
eine Meinung vertrat, ließ sie sich nicht davon
abbringen, auch wenn sie Einige damit vor den Kopf
stieß.
Auch sie war Single. Der letzte Freund hatte sie
betrogen und sie ihn vor die Tür gesetzt. Sie sah
aus wie ein blonder Engel und wesentlich jünger als
45. Sie würde bestimmt schnell einen neuen
Partner finden.

Ich schüttete Simone und Gaby auch einen Kaffee
ein. In diesem Moment bekam ich eine SMS von
Andreas. Ich schaute auf das Display. Meine
Kolleginnen grinsten und fragten:
„Eine neue Eroberung? Wie heißt er denn?"
„Brad Pitt!" sagte ich und wir lachten.

„Ich habe die ganze Nacht nur an Dich gedacht.
Wann hast Du diese Woche Zeit für mich?" hatte
Andreas geschrieben.

Ich antwortete nicht gleich, denn es wurde Zeit die Patienten aus ihrem Treppenhaus-Dasein zu befreien. Ich vertagte die Antwort auf die Mittagspause.

Ich selbst arbeitete schon seit fast zwanzig Jahren in der Praxis. Mein Chef war ein liebenswerter, sehr engagierter Internist. Ich habe in der Zeit meiner Tätigkeit meinen Sohn bekommen und konnte danach in Teilzeit wieder in der Praxis weiterarbeiten. Wir waren ein eingespieltes Team. Ich kannte fast alle Patienten mit Namen, ihre kleinen und großen Probleme und wer mit wem verwand war. Ich liebe diesen Job obwohl er stressig ist und alles fordert.

Heute war ein trauriger Tag. Einer meiner Lieblingspatienten war in der Nacht zuhause verstorben. Seine Frau rief in der Praxis an und informierte uns darüber.
Ich war sehr betroffen, da ich ihn schon kannte seit ich in der Praxis angefangen hatte.
Er war immer genügsam und jammerte nie über seine vielen Krankheiten, von denen schon eine gereicht hätte, um sich zu beklagen. Nun hatte er es geschafft.
Über diese Tatsache und den Andrang in der Sprechstunde vergaß ich Andreas zurück zu schreiben.
Ich nahm mir vor, es am Abend von Zuhause aus zu machen.

Als ich am Abend mit dem Fahrrad um die Ecke bog sah ich einen Motorroller vor meinem Haus stehen. Ich fuhr auf den Hinterhof und stellte mein Fahrrad auf meinen Stammplatz.
Ich ging zum Hauseingang und schaute mich um. Kein Andreas zu sehen. Wahrscheinlich gehörte der Motorroller jemand anderem. Ich ging hoch in die Wohnung und goss mir erstmal den Rest vom Rotwein ein.
Ich schaltete den Fernseher an und schaute mir gerade die Nachrichten an, als es an der Tür klingelte.

Ich fragte durch die Gegensprechanlage wer da ist. „Hi, hier ist Andi. Darf ich hochkommen?"

So etwas mochte ich gar nicht. Ich wollte keine Überraschungsbesuche. Ich war müde und hatte keine Lust auf ein Date. Trotzdem drückte ich auf den Türöffner und ließ Andreas ins Haus. Er kam die Treppe hoch und gab mir an der Tür ganz selbstverständlich einen Kuss.
Er schaute sich in der Wohnung um und meinte: "Da hast Du es Dir aber wirklich schön eingerichtet. Sieht chic und trotzdem gemütlich aus."

„Hat auch eine Menge Arbeit gemacht, ich hätte manchmal Hilfe gebraucht" sagte ich.
Andreas überhörte den Vorwurf. Er hatte sich in der Zeit meines Umzugs und später nur zweimal gemeldet.
Möchtest Du auch ein Glas Wein?" fragte ich.
„Lieber nicht, ich muss ja noch fahren!"

Also war es doch sein Motorroller vor der Tür.

„Ich habe heute nicht mit Dir gerechnet!" sagte ich."
Ich bin auch zu k.o. für Smalltalk heute Abend!"

„Soll ich wieder fahren?" fragte er beleidigt.
„Ich koche Dir einen Kaffee, aber dann würde ich
mich gern von dem stressigen Tag erholen. Rufe
doch nächstes Mal vorher an." antwortete ich.

„Sorry, ich dachte Du freust Dich mich zu sehen!"
„Darum geht es nicht" antwortete ich. „Ich mag nur
keine Spontanbesuche!"
Er stand auf und ging zur Tür. Ich wollte ihn schon
aufhalten, aber warum? Ich war müde und ich wollte
doch nichts mehr tun, was ich nicht mochte.

„Komm gut nach Hause!" sagte ich. Er drehte sich
um und antwortete: „Du bist wirklich ein sturer Kopf.
Aber ich mag das. Das nächste Mal rufe ich an,
versprochen!"
Ich rief ihm nach: „Ich habe nächste Woche Urlaub.
Da bin ich flexibler."
Ich wusste nicht ob er es noch gehört hatte.

Den Rest der Woche hörte ich nichts mehr von
Andreas. Ich kaufte für Ostern ein und freute mich
auf den Urlaub. Meine Wohnung dekorierte ich nach
Herzenslust und fühlte mich pudelwohl.
Ich kaufte mir einen großen Strauß Tulpen und
überlegte, ob ich Andreas zum Brunch einladen
sollte, falls er sich meldete.

Am Donnerstagabend rief er dann an, aber nur um zu sagen, dass er an Ostern keine Zeit hatte.
Er wollte etwas mit den Kindern unternehmen.
Eigentlich habe ich dafür immer Verständnis, jetzt hatte ich aber den Eindruck, es sollte eine Retourkutsche auf meine letzte Aktion sein.
Ich war etwas enttäuscht, aber ich fühlte mich nicht wohl und hatte kein Lust mit ihm zu diskutieren.

Es kam sowieso alles ganz anders. Ich wurde krank!
Das passierte mir selten, aber wenn es mich erwischt, dann meistens im Urlaub. Wie es sich für einen guten Arbeitnehmer gehört.
Ich hatte mir, wahrscheinlich in der Praxis, eine fieberhafte Erkältung eingefangen.
Also lag ich an den Feiertagen im Bett, konnte kaum aus den Augen schauen und meine Einkäufe dümpelten im Kühlschrank vor sich hin. Ich ernährte mich von Tabletten und Tee mit Honig. Nach drei Tagen ging es langsam besser und ich hatte zwei Kilo abgenommen.
Das war ein kleiner Trost für die Schnupfnase und die roten Augen.
Ostermontag konnte ich mir wenigstens schon etwas kochen. Ich machte mir eine Gemüsesuppe, damit meine Lebensmittel nicht alle im Mülleimer landeten. Tim rief jeden Tag an, um zu hören ob es mir besser geht. Ostersonntag kam er kurz vorbei und brachte mir einen Aspirin Nachschub mit.
Ich schickte ihn schnell wieder weg damit ich ihn nicht ansteckte.

Von Andreas kein Wort. Auch wenn die Kinder bei ihm waren konnte er doch wenigstens anrufen oder eine Nachricht schreiben. Ich war enttäuscht und nahm mir vor, den Rest des Urlaubs zu genießen und mir etwas zu gönnen.

Am Dienstag nach Ostern fuhr ich nach dem Frühstück in die City. Ich hob etwas Geld von meinem Sparbuch ab und schlenderte über die Schildergasse. Es waren viele Schüler und Touristen unterwegs. In den Ferien war Köln ein beliebtes Reiseziel und die Schüler langweilten sich zuhause.

Ich fand in meiner Lieblings-Boutique eine schicke Jeans und zwei T-Shirts für den kommenden Sommer. Dazu gönnte ich mir noch ein paar Sneakers und eine neue Tasche. Jetzt ging es mir besser.
Ich hatte, nachdem ich die letzten Tage kaum etwas gegessen hatte, einen großen Appetit auf eine Pizza. Ich kannte eine urige Pizzeria in einer Seitenstraße der Einkaufsmeile.
Dorthin schleppte ich jetzt meine Einkäufe. In einer Nische gab es noch einen kleinen Tisch und dort nahm ich Platz. Der Kellner winkte mir freundlich zu. Er kam auch gleich mit der Speisekarte an den Tisch und ich bestellte ein Glas Lambrusco und eine große Pizza Salami.
„Subito Signora!" sagte der junge Mann und schaute grinsend auf meine Einkaufstaschen.

„Sie haben gekauft viele schöne Sachen?
Manchemal musse das sein!" sagte er in diesem
typischen italienischen Singsang.
„Dabei habe ich mich heute noch zurück gehalten."
antwortete ich und zwinkerte ihm zu.

Die Pizza wurde serviert und schmeckte herrlich.
Ich schaute mich im Restaurant um und wunderte
mich, wie viele Pärchen sich nichts zu sagen hatten.
Sie futterten wortlos ihr Essen oder schauten Beide
nur auf ihre Handys.
Eine junge Frau hob kurz den Kopf und schaute
mich mitleidig an. Wahrscheinlich dachte sie, dass
ich mich einsam fühlte, so allein an meinem Tisch.
Aber ich war nicht weniger allein als sie, mit einem
Mann am Tisch, der sich pausenlos nur Nachrichten
mit jemand Anderen schrieb.
Ich trank meinen Lambrusco aus und bestellte noch
einen Espresso. Danach war ich satt und zufrieden.
Das Restaurant hatte sich geleert und es saßen nur
noch ein älterer Mann und zwei Frauen in meinem
Alter an den Tischen am Fenster. Die beiden
Frauen hatten auch reichlich Geld ausgegeben. Sie
hatten kaum Platz ihre Einkaufstüten auf den
beiden freien Stühlen an ihrem Tisch abzustellen.
Sie hatten Prosecco vor sich stehen und wühlten
jetzt in ihren Taschen, um sich gegenseitig ihre
Schnäppchen zu zeigen. Ich bezahlte bei dem
freundlichen Kellner und brachte meine Shopping-
Beute nach Hause.

Dort angekommen merkte ich, dass meine
Erkältung noch nicht ganz ausgestanden war.

Ich fühlte mich müde und legte mich kurz auf die Couch. Als ich wieder wach wurde, war es fast schon dunkel.

Ich schaute auf mein Handy, weil mir ein Blinken signalisierte, dass Jemand angerufen hatte.

Ich hatte das Handy auf lautlos eingestellt und hatte vier Anrufe verpasst. Allesamt von Andreas.

Er hatte mir daraufhin eine Nachricht geschrieben: „Rufst Du mich zurück?"

„Na Du Urlauberin!" sagte er, als ich ihn zurückrief. Also hatte er es doch noch mitbekommen.

„Genießt Du Deine freien Tage?"

„Jetzt ja!" antwortete ich. „Ich habe leider an den Feiertagen im Bett gelegen. Nicht mit einem Mann, sondern mit einer Erkältung!" legte ich noch nach.

„Oh das tut mir leid. Soll ich vorbeikommen und Dich pflegen?" kam es vom anderen Ende.

„Ich bin kein Pflegefall mehr!" lachte ich. „Aber wenn Du möchtest, kannst du gern vorbei kommen."

Ich war jetzt ausgeschlafen und freute mich auch darauf ihn zu sehen.

„Ich mache uns eine Kleinigkeit zu essen!" sagte ich und Andreas meinte: „Ich bringe einen Wein mit!"

„Gute Idee, dann bis später!" verabschiedete ich mich.

Ich ging in die Küche und bereitete uns eine Quiche Lorraine zu. Die sollte es eigentlich zum Oster Brunch geben. Jetzt gab es sie stattdessen heute zum Abendessen. Ich ging ins Badezimmer und machte mich frisch. Ich legte ein leichtes Makeup auf und zog eine bunte Bluse und einen Jeansrock an.

Die Quiche war bereits im Backofen, als es an der Tür klingelte. Andreas hielt mir eine Flasche Rotwein vor die Nase und schnupperte als er sagte: „Riecht super. Was gibt es denn?"

„Ich habe uns eine Quiche gemacht. Ich hoffe Du magst so etwas?"

„Auf jeden Fall. Ich öffne schon mal den Wein."

Er setzte sich auf die Couch und goss jedem ein Glas ein. „Du bist noch etwas blass!" sagte er.

„Du hast aber auch Pech, ausgerechnet im Urlaub krank zu werden!"

„Mein Schicksal!" antwortete ich. „Meinen Chef wird es freuen!"

Wir machten es uns auf der Couch gemütlich und Andreas wollte mich küssen.

„Denk an die Viren" sagte ich. „Mir doch egal!" grinste Andreas und streichelte mir über das Haar. „Dann weiß ich wenigstens, wer schuld war, wenn ich krank werde."

Wir küssten uns und ich konnte endlich einmal abschalten. Bis dahin hatte ich immer noch Skrupel und nicht richtig realisiert, dass ich jetzt Single war. Nach dem Essen ging ich kurz in die Küche um das Geschirr in die Spüle zu stellen. Als ich zurück ins Wohnzimmer kam, sah ich wie Andreas hastig sein Handy in die Hosentasche steckte.

„Alles o.k. bei Dir?" fragte ich. Er antworte nicht, sondern nahm meine Hand und zog mich auf die Couch.

Was dort begann, endete in meinem Bett. Ich warf alle Bedenken über Bord und genoss den Augenblick. Es war schon fast Mitternacht, als ich aufstand um uns noch ein Glas Wein zu holen.
Als ich wieder ins Schlafzimmer kam, hatte Andreas sich schon angezogen.
„Fährst Du noch nach Hause?" fragte ich verwundert.
„Ich muss morgen arbeiten und früh raus. Du kannst doch ausschlafen!" sagte er und küsste mich.
„Es war einfach wundervoll mit Dir meine Schöne. Ich rufe Dich morgen an"
Und schon war er verschwunden.
Ziemlich irritiert legte ich mich wieder ins Bett. Es war ein schöner Abend und Andreas war ein guter Liebhaber. Aber mein komisches Gefühl ihm gegenüber kam wieder. Ich konnte es nicht einordnen und schlief irgendwann ein, ohne dass ich zu einem Ergebnis kam.

Am nächsten Morgen schlief ich aus und ging dann zum Bäcker um die Ecke.
Ich hatte keine Lust zuhause allein zu frühstücken.
Ich bestellte ein XXL Frühstück und einen extra großen Milchkaffee.
Ich nahm mir eine Zeitung, die jemand am Nebentisch liegen gelassen hatte.
So saß ich ungefähr eine Stunde dort, bestellte mir noch zwei Kaffee und genoss es, Urlaub zu haben.
Für den Nachmittag nahm mir noch ein Stück Käsekuchen mit und schlenderte auf dem Heimweg an den kleinen Geschäften der Hauptstraße vorbei.

Es gab einen Friseur, eine Buchhandlung und ein Blumengeschäft. Ich sah im Schaufenster eine wunderschöne Orchidee mit einem pinken Übertopf. Die musste es sein.
Ein Farbtupfer für mein schwarz-weißes Wohnzimmer.
Da es regnerisch war, entschied ich mich zuhause aufzuräumen und den Wäscheberg zu bügeln.
Als ich endlich fertig war, belohnte ich mich mit dem Käsekuchen und setzte mich mit dem Laptop an den Esszimmertisch.
Vielleicht gab es im Internet auf der Köln.de Seite ein paar Tipps für einen Regentag.

Ich loggte mich ein und wunderte mich als ich las:
„Du hast eine Nachricht von Domlady4711.
Möchtest Du sie lesen?"
Ich klickte auf ja und begann zu lesen:
„Du kennst mich nicht, aber ich möchte Dich warnen. Ich habe gesehen, dass Du mit Andy2009 im Privatchat warst. Ich wollte Dir sagen, dass der Typ verheiratet ist und hier nur eine Affäre sucht. Ich bin auch schon auf ihn reingefallen."

Und jetzt machte auf einmal alles einen Sinn! Mein ungutes Gefühl, seine ständigen Handykontrollen und die Tatsache, dass er am Wochenende nie Zeit hatte und auch nicht über Nacht bleiben konnte.

Ich war zuerst enttäuscht und traurig, dann schwenkte es um auf Wut, so belogen worden zu sein.

Ich hatte keinen Grund an der Nachricht von der Domlady zu zweifeln. Ich selbst hatte ja auch schon meine Vorahnung.

Ich ärgerte mich über mich selbst und die Tatsache, mit ihm im Bett gelandet zu sein. Was sollte ich jetzt machen? Ihn anzurufen kam für mich nicht infrage. Sollte ich so tun als wüsste ich von nichts? Das ging auch nicht, dazu war ich zu stolz. Ich wollte ihn darauf ansprechen, wenn er sich nochmal meldete. Das sollte er mir selbst erklären.

Ich ging ins Badezimmer und lies mir erstmal Wasser für ein Bad ein. Das hilft mir immer wenn ich Stress habe.

Kerzen, Musik und ein Glas Rotwein brachten meine Nerven soweit ins Gleichgewicht, dass ich klarer sah.

Es war enttäuschte Eitelkeit. Ich war von mir selbst enttäuscht, dass ich mich hatte belügen lassen. Aber etwas anderes wurde mir auch klar. Andreas war für mich nur eine Zwischenstation auf dem Weg zum Mann des Lebens. Ich glaube, ich war noch nicht einmal verliebt in ihn. Es hatte mir nur geschmeichelt, dass er so hartnäckig war.

Nach dem Bad kuschelte ich mich auf meine Couch, nahm eine Wolldecke und schlief ein.

Ich wurde eine Stunde später wach, weil ich etwas Wirres geträumt hatte.

Ich brauchte einen Moment bis ich realisiert hatte wo ich mich befand.

Ich sah mein Handy auf dem Couchtisch liegen. Es blinkte und zeigte eine Sprachnachricht an.

„Hallo meine Schöne, ich vermisse Dich!" säuselte Andreas. „Ich habe morgen Nachmittag ein paar Stunden Zeit. Soll ich zu Dir kommen?" Ohne nachzudenken schrieb ich ihm zurück: "Nur wenn es Deine Frau erlaubt!"

Nach zehn Minuten kam die Antwort: „Woher weißt Du das?" Sonst nichts...noch nicht einmal der Versuch, es zu erklären.
Ich habe an diesem Abend nicht mehr zurück geschrieben. Und von Andreas kam auch keine weitere Nachricht mehr. Wahrscheinlich konnte er nicht dauernd an sein Handy, ohne dass es seiner Frau auffiel.
Sie tat mir leid, denn wenn das alles stimmte, was mir die Domlady geschrieben hatte, dann war das wohl schon länger seine Masche. Im Internet Jemanden zu suchen, seine Scheidungsgeschichte zu erzählen und zu hoffen, dass ihm möglichst lange keiner auf die Schliche kam.
Jetzt fiel mir auch ein, dass ich noch in einer Beziehung war, als er mich angesprochen hatte. Liierte oder verheiratete Frauen waren natürlich die bequemere Beute. Die hinterfragten nichts, weil sie selbst nur einen Seitensprung suchten.
Die Anonymität im Internet erschreckte mich plötzlich. Vielleicht hieß er noch nicht einmal Andreas.

Ich schlief unruhig in dieser Nacht und am nächsten Morgen machte mir der Dauerregen richtig schlechte Laune.

Mein Urlaub neigte sich dem Ende zu. Es war regnerisch und kalt und ich war müde. Ich freute mich fast schon wieder auf die Arbeit. So langsam kam Langeweile auf, denn meine Freunde und Bekannten waren fast alle in den Osterferien weggefahren.

Tim war mit seiner Freundin zu deren Eltern gefahren und meine Eltern waren zu einem Kurztrip an die Ostsee unterwegs.

Ich überlegte, ob ich mich anziehen sollte um in die Stadt zu fahren. Ich verwarf es aber gleich wieder, weil es mittlerweile angefangen hatte zu schneien. Was für ein Aprilwetter!

Ich suchte nach meinem Buch, das ich immer noch nicht weiter gelesen hatte und machte mir einen Kakao. Schokolade hat noch immer geholfen.

Ich hatte ungefähr eine halbe Stunde gelesen, da klingelte mein Handy.

„Leg nicht gleich wieder auf, ich will Dir das erklären!" hörte ich Andreas Stimme.

„Ok, leg los!" sagte ich.

Daraufhin erzählte er mir in epischer Breite, dass seine Ehe nur noch eine Farce sei. Seine Frau hatte Schichtdienst in einem Altenheim und man sah sich kaum. Die Zwillinge seien in der Pubertät und trieben ihn und seine Frau in den Wahnsinn.

„Der Klassiker um einen Seitensprung zu machen!" erwiderte ich.

„Warum hast Du mir das nicht gleich gesagt. Dann hätte ich ja fast noch Verständnis gehabt. Aber mir im Internet vorzumachen, Du hättest Konzertkarten zu verkaufen, um mich dann ins Bett zu bekommen, ist schon dreist. Außerdem war das ja wohl nicht das erste Mal!" warf ich ihm vor.

„Wer hat Dir denn diesen Quatsch erzählt?" kam seine Frage.
„Ich kenne sie nur als Domlady4711, wer das ist, solltest Du wissen." antwortete ich.
Danach war erstmal Stille. Vielleicht gab es noch mehrere Damen und er musste erstmal sortieren.

„Andreas unter diesen Umständen möchte ich nicht, dass Du mich nochmal anrufst. Ich eigne mich nicht zur Ehebrecherin. Ich möchte einen Mann nur für mich allein. Und Du bist es leider nicht."
Ich legte auf und erwartete keine weitere Antwort mehr. Da hatte ich mich aber geirrt.

Die Antwort kam am nächsten Tag in Form einer roten Rose vor meiner Tür. Ich stellte sie in die Vase, denn die Rose konnte ja nichts für ihren Käufer.
Am Nachmittag ging ich einkaufen. Vor lauter Frust kaufte ich Lebensmittel, die ich mir eigentlich gar nicht leisten konnte. Es gab im Supermarkt eine asiatische Woche und die dazugehörigen Spezialitäten. An der Kasse bekam ich dann fast einen Herzinfarkt.
Zuhause angekommen meldete ich mich ganz spontan zu einem Kochkurs in der Volkshochschule an.
Die asiatische Küche sollte es sein. Im Mai sollte es losgehen.

Ich konnte eigentlich ganz gut kochen, aber an exotische Gerichte hatte ich mich noch nicht getraut.
Die dazugehörigen Gewürze waren mir ziemlich fremd. Trotzdem wollte ich die Dinge, die ich eingekauft hatte, ausprobieren. Ich hatte Hunger und ging gleich in die Küche.
Ich hatte von einer Freundin vor Jahren mal einen Wok zum Geburtstag geschenkt bekommen.
Den kramte ich jetzt aus der hintersten Ecke meines Küchenschrankes hervor. Auf der Verpackung einer Currypaste stand ein Rezept für ein Hähnchen Curry. Das sollte doch nicht so schwer sein.

Ich zersägte eine Hähnchenbrust, schnitt Paprika und Möhren klein und suchte nach der Kokosmilch, die ich in den Schrank geräumt hatte. Ich schmiss alles nach Rezept in den Wok und kochte parallel Reis in einem Topf. Da ich keine Maßeinheiten bei dem Rezept entdecken konnte, würzte ich mit einem großen Löffel von der Curry Paste. Leider hatte ich übersehen, dass es sich um die Variante *Extra hot* gehandelt hat. Als alles fertig war, häufte ich mir erst Reis und dann das Hähnchencurry auf einen Teller. Ich setzte mich an den Esstisch und nahm eine Gabel voll.
Im gleichen Moment bekam ich Atemnot, musste husten und dachte mein letztes Stündchen sei gekommen.
Das Curry war so scharf, dass es wahrscheinlich selbst den Weltmeister in einem Scharfessen-Wettbewerb umgehauen hätte. Ich brauchte fünf Minuten bis ich wieder aus den Augen schauen

konnte. Selbst die Flasche Mineralwasser, die ich in der Zwischenzeit getrunken hatte, konnte das Brennen im Mund kaum lindern.
Das konnte man nicht essen. Was für eine Schande. Also aß ich den trockenen Reis und schüttete das Curry, als es kalt war, in den Mülleimer.
Heute war echt nicht mein Tag.
Ich verbrachte den Rest des Nachmittags vor dem Fernseher und war frustriert.

Als es dunkel wurde ging ich in mein Schlafzimmer, um die Jalousien herunter zu lassen. Vom Bürogebäude gegenüber hatte man sonst einen wunderbaren Rundumblick in meine Wohnung.
Als ich hinaus schaute sah ich, wie auf der anderen Straßenseite, Andreas gerade in sein Auto stieg.
Was wollte der denn? Ich nahm mir vor nicht zu öffnen, falls er klingelte.
Ich hatte ihm nichts mehr zu sagen.
Aber er fuhr davon und ich hörte auch an diesem Tag nichts mehr von ihm.
Ich schaute weiter Fernsehen und schlief auf der Couch ein. In der Nacht wurde ich frierend wach und wechselte ins Schlafzimmer. Ich schaute nochmal aus dem Fenster und erschrak, als ich den blauen BMW von Andreas, wieder gegenüber am Straßenrand stehen sah. Es war ein Uhr nachts.
Ich kontrollierte nochmal, ob ich die Wohnungstür abgeschlossen hatte.
Ohne Licht zu machen legte ich mich ins Bett. Ich konnte vor lauter Aufregung und Ungewissheit was Andreas von mir wollte, nicht mehr einschlafen.

Irgendwann stand ich auf und ging vorsichtig wieder an das Fenster.

Die Straße lag ruhig und dunkel vor mir und von Andreas keine Spur mehr. Ich war erleichtert und ging ins Wohnzimmer, um noch etwas Fernsehen zu schauen. Schlafen konnte ich immer noch nicht. Ich legte mich mit meiner Decke auf die Couch und zappte durch die Programme. Nachts gab es überall nur Wiederholungen oder irgendwelche Blondinen luden zum Sex ein. Hier gab es für jeden Geschmack die passende Frau. Ob dick oder dünn, alt oder jung. Wenn man die 66666 anrief wurde Jedem geholfen.

Ich schaltete lieber auf einen Rosamunde Pilcher Film und schlief gleich darauf ein.

Am Morgen wachte ich auf der Couch auf und fühlte mich unausgeschlafen und gestresst. So hatte ich mir meinen Urlaub nicht vorgestellt. Ich machte mir einen starken Kaffee und nahm mir vor, etwas später Paul anzurufen. Ich brauchte jetzt mal seinen Rat. Ich hatte seit gestern Nacht ein komisches Gefühl, wie das mit Andreas weiter gehen würde.

Paul war nach meinen Schilderungen am Telefon gleich bereit zu mir zu kommen. Wir wollten eine Strategie entwickeln, falls Andreas mich weiterhin beobachtet oder mir auflauert.

Davor hatte ich Angst.

„Ruf ihn an und stell ihn zur Rede!" sagte Paul als er sich auf meine Couch warf. „Hast Du ein Bier?"

Ich hatte immer ein Kölsch im Kühlschrank, aber keine Lust Andreas anzurufen.

„Das muss sein, sonst wirst Du nie wissen was er von Dir will." meinte Paul und trank das Kölsch aus der Flasche.

Ich nahm mein Handy und drückte den Knopf für die gespeicherten Telefonnummern.

Der Anrufbeantworter sprang an und ich stammelte: „Ich habe Dich gestern Nacht vor meiner Haustür gesehen. Was soll das? Ruf mich zurück. Ich will wissen warum Du mich beobachtest!"

Dann legte ich schnell wieder auf.

Nach zehn Minuten kam eine SMS: „Ich akzeptiere nicht, dass Du mich so abservierst. Hast Du schon wieder einen neuen Kerl am Start oder wer ist jetzt gerade bei Dir?"

Ich schluckte. Woher wusste er, dass Paul bei mir ist? Ich ging ans Fenster und da stand Andreas neben seinem Auto und schaute zu mir hoch.

„Paul, er steht wieder unten auf der Straße. Ich glaube das jetzt nicht."

Ich hatte es kaum ausgesprochen, da sprang Paul auf und lief ins Treppenhaus.

Andreas wollte schnell in sein Auto steigen als er Paul sah, kam aber nicht mehr dazu. Ich sah wie Paul auf ihn einredete und dabei mit der Faust drohte. Sie redeten noch eine Weile miteinander und dann stieg Andreas mit gesenktem Kopf in sein Auto und fuhr davon.

„So, das wäre erledigt!" sagte Paul stolz, als er wieder in die Wohnung kam. „Von wegen nicht akzeptieren. Ich habe ihm gesagt, dass Dein nächster Schritt wäre, seine Frau zu informieren und danach gleich die Polizei. Sein Autokennzeichen würde uns schnell seinen genauen Namen und Adresse bescheren."

Ich war in diesem Moment unheimlich erleichtert und küsste Paul auf die Stirn. „Ich danke Dir. Dafür bekommst Du jetzt noch ein Kölsch und ich koche Dir was Leckeres!" Von asiatischer Küche nahm ich Abstand und entschied mich für Spaghetti mit Pesto.
Es wurde noch ein schöner Vormittag. Paul und ich lachten viel. Nach dem Mittagessen machte Paul sich dann auf den Weg, weil er am Abend noch arbeiten musste.
Ich putzte meine Wohnung, spülte ab und setzte mich danach an mein Laptop. Ich wollte mich bei der Domlady für die Information über Andreas bedanken.
Ich loggte mich auf der Homepage ein und schrieb ihr eine Nachricht: "Danke für Deinen Hinweis, ich habe Andreas zur Rede gestellt und es beendet. Ich werde demnächst vorsichtiger sein."

An diesem Nachmittag waren einige Leute im Chat anwesend. Ein offener Bereich hatte heute den Titel: „Chat Treffen".
Das interessierte mich und ich loggte mich dort ein. Gleich wurde ich vom Admin und einigen anderen Mitgliedern begrüßt. Es stellte sich schnell heraus,

dass Anfang Mai das alljährliche Treffen für die Mitglieder stattfand.

Ich stellte eine Frage in die Runde: „Kann jeder kommen und wie läuft das ab mit der Anmeldung?"

Ein User mit dem Namen *Südstadt* antwortete mir: „Es gibt auf der Homepage eine Liste auf der Du Dich eintragen kannst. Wir treffen uns im Volksgarten. Jeder bringt eine Decke und was zu essen mit. Getränke gibt es dann im Biergarten. Bei schlechtem Wetter wird das Ganze kurzfristig verschoben."

Auf meinem Bildschirm leuchtete der Hinweis auf: „Südstadt schaut sich soeben Dein Profil an!"

Fünf Minuten später las ich die persönliche Nachricht: „Wäre schön wenn Du auch kommst. Diese Treffen sind immer total lustig."

Ich schrieb zurück, dass ich es mir überlegen wollte, da ich eigentlich keinen der User kannte.

„Ein Grund mehr das zu ändern!" kam etwas später die Antwort.

Ich grübelte noch was ich zurückschreiben sollte, da bekam ich die Einladung von Südstadt in den privaten Chatraum *Coloninas Glückstag.* Das war originell und ich bestätigte die Einladung.

„Wer bringt mir denn heute Glück?" schrieb ich an Südstadt. „Du triffst hier heute mal einen netten, aufrichtigen Mann, der durchschnittlich aussieht aber überdurchschnittlich lustig ist!"

Ich lachte vor dem Monitor laut auf und antwortete: "Dann überzeug mich mal von deinen Qualitäten."

Wir schrieben noch lange an diesem Nachmittag.

Als ich später auf die Uhr sah, waren fast drei Stunden vergangen und keine Minute davon war langweilig.

Mir ging es besser und mir fiel ein, dass ich kein Brot mehr im Haus hatte. Ich wollte mir auch noch eine Flasche Wein für das Wochenende kaufen. Ich zog mich an und nahm meinen Einkaufskorb. Zum Supermarkt brauchte ich nur über die Hauptstraße. Dafür liebte ich meine Wohnung sehr. Ich konnte fast alles schnell erreichen. Ich hatte aus finanziellen und persönlichen Gründen kein Auto und war auf Bus und Bahn angewiesen.
Zur Arbeit fuhr ich mit dem Fahrrad.
Ich schleppte meine Einkäufe nach Hause und erwischte mich dabei, dass ich mich vor der Haustür umdrehte und vorsichtig umschaute, ob Andreas nicht doch wieder da war.
Aber die Sorge war grundlos.
Vor der der Tür stand er nicht, aber er hatte mir eine böse Nachricht geschrieben:
„Ich bin so enttäuscht von Dir. Du hast nichts verstanden."
Ich antwortete nur: „Die Enttäuschung ist ganz auf meiner Seite. Lass mich in Ruhe!"
Als er zurückschrieb: „Für Dich hätte ich meine Frau verlassen!" erschrak ich sehr.
Jetzt wurde mir erst so richtig klar, dass ich keinerlei Gefühlte für ihn hatte. Ich war froh, dass dieses Kapitel schon wieder vorbei war.

Am Wochenende kamen meine Eltern aus dem Urlaub zurück und ich fuhr am Sonntagnachmittag mit selbstgebackenem Kuchen zu ihnen.
Meine Eltern erzählten vom Urlaub und lobten meinen Schokoladenkuchen. Eltern sind halt nicht objektiv. Mir war er zu trocken.

Am Abend sortierte ich meine Berufskleidung für den nächsten Tag. Ich freute mich auf die Praxis und meine Kolleginnen.
Später setzte ich mich nochmal an mein Laptop und was soll ich sagen? Ich hoffte das Südstadt online war.
Leider war er nicht zu sehen, als ich mich anmeldete. So schaute ich kurz in den offenen Chat Bereich.
Im Raum *Stadtgarten* ging es um die Baustellen in Köln, das Verkehrschaos und den Parkplatzmangel. Da ich kein Auto hatte, interessierte mich das nicht wirklich und ich wechselte in den Raum *Flohmarkt*.
Hier konnte man Dinge des täglichen Gebrauchs anbieten oder Second Hand Kleidung kaufen oder verkaufen.
Ich meldete mich bei einer Zicke0101 und fragte nach Kleidung einer bestimmten Marke, die ich gern trug.
Sie wollte mir eine Datei der angebotenen Sachen schicken und bei Interesse sollte ich ihr dann Bescheid sagen. Sie bot mir an, die Kleidung zu mir nach Hause zu bringen, damit ich sie mir anschauen und anprobieren konnte.

Es stellte sich heraus, dass sie in Rodenkirchen wohnte. Also gar nicht weit weg von meiner Wohnung.

Als ich mich schon wieder ausloggen wollte sah ich, dass *Südstadt* online war. Er hatte mir eine Einladung in der privaten Raum *Keep smiling* geschickt. Ich hatte das durch meinen Chat mit der Zicke übersehen.

Gern nahm ich die Einladung an und wollte jetzt wissen wer *Südstadt* ist. Ich schrieb:

„ Verrätst Du mir Deinen Namen oder ist das ein Geheimnis?" Er schrieb zurück:

„Ich dachte Du fragst nie, die meisten Mädels sind viel neugieriger. Ich heiße Martin und Du?

„Natürlich hieß ich wieder Ina. Er durchschaute gleich die Bedeutung meines Nick Namens.

„Ah, eine Kombination aus Colonia und Ina, sehr schön!"

„Wo wohnst Du in Köln?" fragte er.

„Ich komme aus Raderberg" schrieb ich zurück und er teilte mir mit, dass er im Severins Viertel zuhause ist. Also machte der Nick Name *Südstadt* natürlich Sinn.

Ich bin dort zur Schule gegangen und habe einige Jahre auch in der Südstadt gearbeitet. Ich kannte hier jede Ecke. Vielleicht ist mir Martin hier sogar schon über den Weg gelaufen. Köln ist manchmal ein Dorf.

Er war IT Fachmann und hatte die Homepage mitgestaltet. Er arbeitete hier jetzt weiterhin als

Administrator. Deshalb kannte er sich mit allen Details so gut aus.
Er fragte mich nochmal, ob ich nicht zum Chat Treffen kommen wollte. Es wäre eine gute Gelegenheit einige der anderen Mitglieder kennen zu lernen. „Es gibt hier ein paar richtig nette Leute. Natürlich ist keiner so nett wie ich!" schrieb Martin und ich grinste.
„Na dann sehen wir uns im Volksgarten zum Treffen. Dann kannst Du es beweisen!" schrieb ich zurück.

„Dann muss ich ja noch drei Kilo abnehmen, zum Friseur und mich neu einkleiden." kam es von Martin. „Ich will doch einen guten Eindruck machen."
„Sei lieber ehrlich und verstell Dich nicht!" schrieb ich zurück. „Damit habe ich gerade schlechte Erfahrungen gemacht."

Wir schrieben bis in die späte Nacht. Ich hatte in der Zwischenzeit die ganze Flasche Wein getrunken. Das merkte ich jetzt und verabschiedete mich von Martin. Ich musste ins Bett, damit ich am nächsten Morgen nicht total unausgeschlafen in der Praxis erschien.

Der April verging ohne irgendwelche besonderen Ereignisse. Das Wetter blieb unbeständig.
Ich hatte nur einmal die Möglichkeit am Wochenende auf dem Balkon zu frühstücken.

In der Praxis wurde es etwas ruhiger. Die Erkältungswelle beruhigte sich und meine Kolleginnen und ich hatten endlich mal wieder pünktlich Feierabend.

Von Andreas hatte ich noch einmal eine böse Nachricht auf dem Anrufbeantworter. Ich ignorierte es und hoffte, dass er sich nicht wieder meldete.

Ich hatte fast jeden Abend Kontakt mit Martin in unserem jetzt schon fest etablierten Privaten Chatraum.

Es war immer lustig und ohne weitere Annäherungsversuche von Martin. Es war, als ob wir uns schon ewig kannten. Ich hatte allerdings keine Ahnung wie er aussah. Ganz im Gegenteil zu mir, die ich im Profil ein Foto hatte, gab es bei ihm nur ein Bild vom Kölner Dom im Abendlicht.

Das lies mich vermuten, dass er optisch nicht unbedingt ein Highlight war. Aber das machte nichts, denn wir waren Beide auf der gleichen Wellenlänge. Wir mochten Fußball, Kino, Abende mit Freunden und lachten über dieselben Witze.

Ende April stand dann auch das Datum für das Chat Treffens fest. Es sollte am 1. Freitag im Mai stattfinden.

Ich hatte mich schon in die Liste der Interessenten eingetragen und bestätigte jetzt bei Martin, dem Admin, nochmal meine Zusage. Der zeigte sich sehr erfreut und meinte: „Jetzt werde ich aber nervös und freue mich total auf Dich. Ich bin gespannt ob Du gleich die Flucht ergreifst. oder wenigstens ein Kölsch mit mir trinkst."

Du lieber Himmel, was erwartete mich denn? Kam da Rumpelstilzchen oder Quasimodo zum Treffen?

Ich war verunsichert und dachte, dass es wohl seinen Grund hatte, warum jemand das Kölner Wahrzeichen im Profil hatte.

Am Abend vor dem Treffen machte ich herzhafte Muffins mit Lauch und Speck. Die haben bisher noch jedem geschmeckt und man konnte sie super vorbereiten.
Ich verstaute sie am nächsten Tag in einer Kühlbox und ging dann ins Schlafzimmer, um mir etwas zum Anziehen heraus zu suchen. Da es heute richtig schön warm war, entschied ich mich zuerst für ein Kleid. Das verwarf ich dann wieder, denn den ganzen Tag mit einem Kleid auf einer Wolldecke zu sitzen, war mir zu unbequem.

Ich entschied mich für ein Ringelshirt und eine weiße Jeans, dazu meine flotten Sandaletten.
Ich packte die Wolldecke und die Kühlbox in meinen Fahrradkorb und radelte etwas aufgeregt zum Volksgarten.
Dort angekommen wunderte ich mich über die vielen Picknick- und Wolldecken, die schon überall auf dem Rasen verteilt waren. So viele Menschen hatte ich nicht erwartet. An einem Tisch saß eine junge Frau, die ein Namensschild mit der Aufschrift *Wilde Biene* trug.
„Hi, ich bin Sabine!" sagte sie und fragte:
„Wie ist Dein Nick Name?"
„Ich bin Colonina." sagte ich.
Sie schrieb meinen Namen auf ein Stück Papier.
Dieses klebte sie dann auf ein Namensschild und reichte es mir.

„Viel Spaß und viele neue Freunde!" wünschte sie mir. Ich suchte mir ein Plätzchen für meine Wolldecke. Einige Leute in meinem Alter saßen schon gemütlich zusammen, tranken etwas und unterhielten sich angeregt. Ich breitete meine Decke unweit dieser Gruppe aus und legte mich in die Sonne.

Direkt neben mir setzten sich zwei andere Frauen auf ihre Thermokissen und schauten zu mir herüber. „Hallo und herzlich willkommen!" sagte die Kleinere von Beiden.

„Ist heute nicht ein herrlicher Tag?"
Ich hatte keine Lust auf Wetterkonversation und nickte nur zustimmend.

Die Beiden sahen aus, als ob sie sich aus dem Altkleidercontainer bedient hatten und waren wahrscheinlich seit der Schulzeit nicht mehr beim Friseur gewesen. Sie holten aus einer Tupperdose Karotten und Gurkenstücke heraus. Wahrscheinlich waren diese auf dem Balkon selbst angepflanzt.

Die Größere meinte: „Wenn Du was zu essen mitgebracht hast, kannst Du es dort vorne auf dem Tisch abstellen. So können sich dann alle bedienen."

Ich dachte mir, dass die Beiden bestimmt nur hierher kamen, damit sie mal etwas anderes als Rohkost zu essen bekamen. Ich musste grinsen.

„Dann mach ich das mal." sagte ich und brachte meine Box an den besagten Tisch.

Hier gab es schon Salate, Frikadellen, belegte Brötchen und jede Menge Kuchen.

Daneben wurden sogar Würstchen zum Spottpreis von einem Euro gegrillt.
Ich öffnete meine Box und suchte nach einer freien Stelle auf dem Tisch.

„Was ist das denn Leckeres?" hörte ich eine dunkle Stimme hinter mir. Ich drehte mich um und sah in ein fröhliches Gesicht, mit einem kleinen Bärtchen und blauen Augen. Der Mann war mindestens einen Kopf größer als ich und hatte ein Bäuchlein. Einer der Knöpfe seines Jeanshemdes war in Gefahr abzuplatzen.

„Das sind herzhafte Muffins, meine Spezialität!" antwortete ich. „Kannst Du gerne mal probieren, garantiert mit Speck und Kalorien."
„Spielst Du auf meinen ehrlich erworbenen Bauch an?" fragte er und lachte laut. Erst jetzt sah ich sein Namensschild. *Südstadt* hatte mich gefunden.
Er nahm sich einen Teller und drei der Muffins, häufte Nudelsalat daneben und stellte sich in die Schlange vor dem Grill.
Ich tat es ihm gleich, nahm aber nur etwas Tomatensalat und einen meiner Muffins. Da wusste ich, was ich hatte und brauchte keine Angst vor Salmonellen zu haben. Aber eine Bratwurst wollte ich auch. Also stellte ich mich hinter Martin und beobachtete ihn.
Er hatte schon ein paar graue Haare, obwohl er etwas jünger war als ich. Das wusste ich durch unsere Chatgespräche.

Er war kräftig, aber nicht dick und gepflegt. Er roch nach einem teuren Aftershave und ich mochte Ihn auf Anhieb.

Als wir unsere Würstchen hatten fragte er mich: „Wo hast Du Dich denn niedergelassen?"

Ich zeigte auf meine quietschbunte Decke und er steuerte ohne weitere Fragen direkt darauf zu.

Er setzte sich im Schneidersitz auf die Decke und nahm mir meinen Teller ab, damit ich mich unfallfrei neben ihn setzen konnte.

„Möchtest Du etwas trinken?" fragte er. „Ich lade Dich gern zu einem Kölsch ein."

Ich nickte und er stand sofort wieder auf und steuerte auf den Biergarten zu.

Ich sah ihm nach und dann in die vorwurfsvollen Augen der Altkleider-Ladies. Die Kleinere schüttelte den Kopf als wollte sie sagen: „Wie machen das manche Frauen bloß? Kaum eingetroffen und schon hat sie einen Mann auf die Decke gezerrt."

Ich zuckte schmunzelnd die Schultern und sah wie die Beiden die Köpfe zusammensteckten und tuschelten.

Martin kam mit zwei großen Kölsch wieder und hielt mir eins davon unter die Nase. „Prost! Auf einen schönen Tag und noch ein paar mehr, wenn Du möchtest!"

„Amen!" sagte ich und trank das halbe Glas leer.

„Lass den Herrn aus dem Spiel!" grinste Martin.

Wir schauten uns an und lachten.

Wir aßen, tranken und unterhielten uns genauso gut wie im Chat. Manchmal kam jemand vorbei, den Martin kannte. Er stellte mich vor und so konnte ich bald mit dem ein-oder anderen Nicknamen etwas anfangen.

„Die beiden Strick Liesel sind auch wieder da." meinte Martin und deutete auf die Rohkostfraktion. „Die versuchen Jeden, der nicht bei drei auf den Bäumen ist, zum Veganer zu bekehren oder zum Antialkoholiker zu machen." Er prostete den Beiden demonstrativ zu.

Ich musste in die andere Richtung schauen, damit ich nicht einen Lachanfall bekam.

Am frühen Abend wurde es kühl und ich bereute es keine Jacke mitgenommen zu haben.

Ich hatte gar nicht damit gerechnet, dass ich so lange bleiben würde. Ich fröstelte und versuchte mir die Decke über die Schultern zu ziehen.

„Sollen wir nach drinnen wechseln? Dann hab ich es auch nicht so weit bis an die Theke." schlug Martin vor.

„Lass die Decke ruhig liegen. Die holen wir später."

Ich folgte Martin in das kleine Gebäude hinter dem Biergarten. Es gab ein paar wenige freie Plätze, weil auch andere nach drinnen gewechselt hatten. Wir setzten uns an einen Tisch zu einem Pärchen, das uns kaum zur Kenntnis nahm.

Jetzt ging ich an die Theke und holte die Getränke. Ich wollte mich nicht immer einladen lassen.

Als ich später auf die Uhr schaute, erschrak ich. Es war schon viertel vor eins, als der Kellner hinter der Theke rief: „Letzte Runde!"

Ich hatte genug getrunken, außerdem wollte ich ja noch mit dem Fahrrad nach Hause fahren.

Martin und ich sammelten meine Kühlbox ein, die geleert und mutterseelenallein auf dem Tisch stand. Meine Decke war die letzte die auf dem Rasen lag und wir brachten meine Utensilien zu meinem Fahrrad.

Ich wickelte mir die Decke um da es richtig kalt geworden war. Die Kühlbox warf ich in den Fahrradkorb und sagte: „ Martin, ich danke Dir für diesen schönen Abend. Genauso nett hab ich mir einen Südstadt Mann vorgestellt."

Statt einer Antwort küsste Martin mich leicht auf den Mund, gab mir einen Klaps auf den Po und meinte: „ Ab nach Hause Colonina und wehe Du meldest Dich nicht wieder. Gute Nacht!"

Auf dem Heimweg fiel mir ein, dass er mich noch nicht einmal nach meiner Handynummer gefragt hatte. Entweder war er sich meiner sicher oder er rechnete gar nicht damit, dass ich ein weiteres Date möchte.

Ich war eine viertel Stunde später zuhause und schaffte es gerade noch mein Fahrrad im Hinterhof zu parken.

Ich schleppte mich die Treppe zur Wohnung hinauf, schloss die Tür auf, drehte eine Runde durch das Badezimmer und schlief schon, bevor mein Kopf das Kissen berührte.

Ich hatte nur ein paar Stunden geschlafen, aber ich fühlte mich fit und voller Tatendrang als ich morgens um acht Uhr aus dem Bett sprang.

Meinen ersten Morgenkaffee trank ich im Stehen, bevor ich zum Bäcker ging, um mir ein belegtes Brötchen zu kaufen. Ich hatte keine Lust den Tisch für mich allein zu decken und setzte mich zuhause mit einem weiteren Kaffee und dem Brötchen auf den Balkon.

Es war ein schöner sonniger Morgen. Ich schaute den Serviceleuten vom Biergarten gegenüber zu, wie sie die Tische eindeckten. Man rechnete mit einem guten Geschäft am Wochenende.

Ein Kellner winkte mir zu und rief: „So gut möchte ich es auch haben. Anderen beim Arbeiten zuschauen und die Sonne genießen."

Ich rief zurück: „Du kannst gerne tauschen, dann hast Du einen schlecht bezahlten Job mit jeder Menge Überstunden ohne Trinkgeld!"

Er lachte und ging zum nächsten Tisch.

Mein Handy klingelte. Tim wollte wissen, ob bei mir alles in Ordnung sei und ob ich am Montag Abend Zeit hätte, ihn zu bekochen.

Für meinen Sohn hatte ich immer Zeit und ich sagte: „Ich bin ab 19 Uhr zuhause. Wie wäre es mit Chili con Carne?"

„Da simmer dabei, dat is prima!" sang Tim in den Hörer und legte auf.

Ich schlich um mein Laptop herum und loggte mich schließlich im Köln Chat ein. Keine Nachricht für mich und kein Martin online.

Ich wollte schon ausschalten, da sah ich im Display aufleuchten: „Südstadt hat das Chatportal betreten." Ich wartete einen Moment, weil ich immer noch nicht wusste wie man einen privaten Chatraum eröffnete.

Martin lud mich keine zwei Minuten später in den Raum *Frühsport* ein. Wie kam er nur immer auf diese komischen Namen? Ich musste schmunzeln. „Guten Morgen, Du Königin der Nacht!" konnte ich lesen. Das war ja mal eine Begrüßung die mich sprachlos machte. Ich wollte etwas Lustiges zurück schreiben, aber er schrieb gleich weiter: „Wann können wir das wiederholen? Oder bin ich nicht Dein Typ? Sei ehrlich!"

„Ich hätte heute Zeit, wenn das Deine Frage beantwortet!" schrieb ich zurück und wartete einen Moment.

„Sushi oder Pizza?" fragte er. Bei rohem Fisch drehte sich mir der Magen um und so schrieb ich: „Geht auch Thai Küche?"

„Na klar, ich kenne ein super thailändisches Restaurant."

„Okay, schreib mir einfach wann und wo!" war meine Antwort.

„Als SMS, oder hier über das Nachrichten Portal?" fragte Martin.

„Für eine SMS brauchst Du meine Handynummer!" antwortete ich.

„Ich weiß! Das war clever von mir, oder?"antwortete er.

Ja, das war es und ich hatte kein schlechtes Gefühl als ich ihm meine Handynummer gab.

„19 Uhr beim *Golden Lotus* am Heumarkt? Ich freue mich auf Dich!" Die SMS kam keine Minute später auf meinem Handy an. „Ich komme heute ohne Wolldecke, hoffentlich erkennst Du mich!" antwortete ich und freute mich total auf den Abend.

Am Abend zog ich mein neues Kleid und die Jeansjacke an. Diesmal wählte ich ein paar Schuhe mit höheren Absätzen. Das war kein Problem bei Martin. Er war auch so immer noch viel größer als ich.
Als ich zum Bus ging hatte ich den Eindruck, beobachtet zu werden. Ich drehte mich um, aber da war Niemand. Ich hatte trotzdem ein ungutes Gefühl und ging schnell zur Haltestelle.

Manchmal bereute ich es, dass ich kein Auto hatte. Ich war zwar im Besitz eines Führerscheins, war aber seit Jahren, nach einem schlimmen Unfall nicht mehr gefahren.
Ich war damals als Fahranfängerin, ein paar Wochen nach bestandener Prüfung, mit einer Straßenbahn kollidiert.
Mir war nicht viel passiert, außer ein paar Schnittwunden durch die zersplitterte Windschutzscheibe. Ich musste allerdings durch die Feuerwehr aus meinem völlig demolierten VW Käfer befreit werden. Noch lange Zeit hatte ich, wenn ich an den Unfall dachte, das entsetzte Gesicht des Feuerwehrmannes vor meinen Augen.

„Da hatten Sie aber eine ganze Armee Schutzengel!" sagte er. Daran musste ich jetzt denken, als ich mit dem Bus an der damaligen Unfallstelle vorbeifuhr.
Ich verdrängte diesen Gedanken und dachte an Martin. Ich war etwas aufgeregt.

Ich war pünktlich am *Golden Lotus*. Martin stand schon vor der Tür. Heute trug er eine Leinenhose und ein leicht zerknittertes Hemd. Er sah aus wie ein Künstler, der nicht viel Wert auf gebügelte Kleidung legte. Die Sachen sahen aber teuer aus.
„Du siehst umwerfend aus", sagte er und nahm mich in den Arm. Ein Gefühl der Geborgenheit erfasste mich. Martin war ein echter Kumpel.
Wir bestellten einen Cocktail und studierten die Speisekarte.
„Danke für Dein Vertrauen und die Handynummer", sagte Martin.
„Ich hatte keine Bedenken", antwortete ich. „Obwohl ich das letzte Mal schlechte Erfahrungen gemacht habe."
Ich erzählte Martin von Andreas und das er mich belogen hatte. Außerdem berichtete ich ihm von den nächtlichen Kontrollen.
„Ich werde ihn morgen im Chat blockieren. So Jemand hat dort nichts zu suchen. Und Du solltest wirklich zur Polizei gehen, wenn das nochmal vorkommt."
„Ich hoffe, ihn nie wieder zu sehen", sagte ich.
„Und jetzt wäre es nett, wenn Du mir etwas empfehlen könntest. Ich habe Hunger."

Das Essen war köstlich und das Ambiente lud zum Verweilen ein. Als ich später zu meinem Drink griff, nahm Martin meine Hand.
„So schlecht ist das Internet nicht, oder? Wir hätten uns sonst wahrscheinlich nie getroffen."
Ich war seiner Meinung und ließ meine Hand in seiner.
Er erzählte mir von seiner Familie und seinem Job und wollte alles über mich wissen. Die Zeit verging wie im Flug als der Kellner plötzlich fragte: „Wollen sie noch ein Dessert?"
Wir wollten nicht und Martin fragte nach der Rechnung. Ich holte mein Portemonnaie aus der Tasche, aber er sagte: „Heute bin ich dran. Keine Sorge ich setze Dich von der Steuer ab!"
Wir tranken unsere Gläser leer und standen auf.

Es war spät geworden. Ich war nach der kurzen letzten Nacht, mit wenig Schlaf, sehr müde.
„Sei nicht böse, aber ich fahre jetzt heim. Mein Bus fährt in zehn Minuten."
Er brachte mich ohne weiter zu fragen zur Haltestelle. Als der Bus kam sagte er:
„Pass auf Dich auf und träum schön."
„Vielleicht begegnen wir uns im Traum. Ich hätte nichts dagegen", antwortete ich.

Ich stieg ein und suchte einen Sitzplatz.
Durch das Fenster sah ich Martin, wie er mir zuwinkte und dann im Dunkeln verschwand.
Der Bus war trotz der späten Uhrzeit noch ziemlich voll. Die Nachtschwärmer, die sich kein Taxi leisten konnten, wollten auch nach Hause. Ich setzte mich

neben eine junge Frau, die Kopfhörer trug und mich kaum wahrnahm. Im vorderen Bereich des Busses schlief ein Mann und schnarchte laut. Ich hatte Angst, dass er vom Sitz rutschte, aber er hielt sich in seiner unbequemen Position bis ich aussteigen musste.

Zuhause angekommen, schloss ich die Wohnungstür hinter mir ab und schaute aus dem Schlafzimmerfenster. Ich war wütend, dass Andreas mich so verängstigt hatte.

Ich war schon fast eingeschlafen, da kam eine SMS von Martin:

„Du bist auch am Tag meine Traumfrau."

Ich wollte noch antworten, aber ich schlief vorher ein.

Am Sonntag wurde ich wach, weil der Regen gegen mein Schlafzimmerfenster prasselte.

Es war grau und windig. Als ich aus dem Fenster sah wusste ich, das heute ein langweiliger Tag werden würde. Bei so einem Wetter schickte man keinen Hund vor die Tür.

Ich verzichtete auf frische Brötchen und machte mir ein Toast mit Marmelade und einen starken Kaffee, bevor ich mir mein Handy schnappte.

„Sie haben zwei Nachrichten!" stand auf dem Display. Eine war von meiner Kollegin Gaby, die mir mitteilte, dass sie für den nächsten Tag ausfiel. Sie hatte einen Magen-Darm Virus zu Besuch.

Das bedeutete wahrscheinlich Überstunden für mich. Ich konnte das Geld dafür gut gebrauchen und war deshalb nicht enttäuscht.
Die andere Nachricht war von Paul. Ich sollte ihn zurückrufen. Es sei etwas passiert, was er mir nicht als SMS schreiben wollte.
Ich nahm mir noch eine Tasse Kaffee und setzte mich auf die Couch. Es war zehn Uhr und ich nahm an, dass Paul jetzt wach sein würde.
Er meldete sich gleich und hörte sich komisch an.
„Was ist denn los?" fragte ich.
Er schnäuzte sich und sagte nach einer Weile:
„Mein Vater hat Krebs. Er hat es meiner Mutter lange verheimlicht. Die Ärzte geben ihm noch maximal sechs Monate."

Ich konnte erst einmal gar nichts sagen. Ich war geschockt, denn Pauls Vater war nur zwei Jahre älter als ich. Er hatte bei unserem ersten Familientreffen einmal gesagt:
„Du würdest auch gut zu mir passen. Da hat mein Sohn endlich mal was richtig gemacht", und wir haben gelacht.
Ich mochte ihn sehr und deshalb tat es mir unendlich leid, dass er so krank war.
„Was machst Du denn jetzt?" fragte ich Paul.
„Fährst Du zu Deinen Eltern? Ihr seht euch doch so selten."
Pauls Eltern wohnten in der Nähe von Würzburg. Man hatte vielleicht nicht mehr viele Gelegenheiten für ein Wiedersehen.

„Ich muss schauen ob ich frei bekomme. Ich muss die nächsten Wochenenden eigentlich arbeiten",sagte Paul traurig.
„Das tut mir alles sehr leid", sagte ich.
„Drück Deine Eltern von mir, wenn Du dort bist."
„Danke, dass mache ich auf jeden Fall. Ich versuche nächste Woche Urlaub zu bekommen und dann werde ich nach Hause fahren."
Er legte auf und ließ mich traurig zurück. Wie schnell konnte doch das Leben zu Ende sein. In der Praxis erlebte ich das fast jeden Tag, aber wenn es die Familie oder Freunde betraf war es noch viel schlimmer.
Deshalb rief ich jetzt auch meine Eltern an, um mich zu vergewissern, dass dort alles gesund und munter war. Meine Eltern planten schon wieder ihre nächste Reise und das bedeutete, dass zumindest im Moment alles in bester Ordnung war.

Am Mittag regnete es immer noch. Ich schaute etwas ratlos in den Kühlschrank. Viel Auswahl gab es nicht. Ich nahm mir den Flyer einer Pizzeria von der Pinnwand und überlegte was ich bestellen sollte.
In diesem Moment klingelte mein Handy und nahm mir die Entscheidung ab.
„Hi ich bin es, Martin. Wie geht es Dir?" fragte er.

„Ich wollte mir gerade eine Pizza bestellen. Ansonsten geht es mir gut. Mir ist nur etwas langweilig", sagte ich.

„Mir auch meine Schöne. Sollen wir die Pizza nicht zusammen essen? Du könntest zu mir kommen, wenn Du Dich traust."

Das musste ich mir erst überlegen. Ich hatte eigentlich keine Lust bei dem Regenwetter aus dem Haus zu gehen. Martin zu mir einzuladen traute ich mich aber noch weniger. Nach den Erfahrungen mit Andreas, wollte ich meine Adresse nicht gleich wieder preisgeben.
„Wenn Du möchtest können wir uns in einer Pizzeria in der Südstadt treffen. Kennst Du das *Amore*? fragte ich
„Klar kenne ich das. Ist es dir lieber wenn wir uns nochmal auf neutralem Boden treffen?" hörte ich ihn lachen.
„Aber ich verstehe Deine Bedenken. Ich habe heute Morgen übrigens den Account von diesem Andi2009 gelöscht. Auf unserer Seite ist er jetzt blockiert."
„Oh vielen Dank. Das ist auch gut so, dann kann er dort jedenfalls keine Frau mehr abschleppen", sagte ich.
„Wann kannst Du losfahren?" fragte Martin.
„Ich fahre mit dem Bus um 14 Uhr. Dann bin ich so um 14.30 Uhr im Restaurant.
„Alles klar!" sagte Martin und legte auf.

Ich entschied mich für Jeans und Strickpullover. Es war empfindlich kühl geworden. Eigentlich wollte ich mit dem Fahrrad fahren, aber jetzt schlenderte ich zur Bushaltestelle.

Ich hatte Martin erst vor zwei Tagen richtig kennengelernt, aber ich hatte das Gefühl ihn schon ewig zu kennen. Jetzt sahen wir uns schon den dritten Tag in Folge und ich freute mich sehr auf ihn. Er saß schon in der Pizzeria und winkte mir durch die Fensterscheibe zu. Er hatte einen schönen Tisch ausgesucht und sich schon ein Kölsch bestellt.

Er trug einen Rollkragenpullover und eine dunkle Hose. Heute sah er eher wie ein Geschäftsmann aus. Ein Mann, der immer für eine Überraschung gut war.

Er stand auf, gab mir einen Kuss auf die Wange und rückte mir den Stuhl zurecht.

„Schön, dass Du so flexibel bist. Ich hatte gar nicht damit gerechnet, dass Du heute schon wieder Zeit für mich hast. Ich freue mich sehr."

„Für eine Pizza in Gesellschaft habe ich immer Zeit", sagte ich und zwinkerte ihm zu.

Ich bestellte beim Kellner meinen obligatorischen Lambrusco und Martin reichte mir die Speisekarte. Ich entschied mich für eine Pizza Calzone und Martin für eine Lasagne.

„Ich habe in letzter Zeit eine Überdosis Pizza gehabt", meinte Martin. „Heute ist mir nach Pasta."

Bis das Essen kam unterhielten wir uns über Martins Job als IT Fachmann. Viel habe ich nicht verstanden, aber doch, dass er sehr erfolgreich mit seiner Firma war.

„Ich habe mir letztes Jahr eine Eigentumswohnung hier in der Südstadt gekauft. Wenn Du mich besser

kennst, kommst Du mich mal besuchen und ich zeige Dir mein Reich."
„So machen wir das", sagte ich und meinte es ehrlich. Es gab keinen Grund in Martin einen Psychopathen oder Kriminellen zu sehen. Er machte eher den Eindruck eines Kuschelbären, der keiner Fliege etwas zuleide tun konnte.

Unsere Speisen wurden gebracht und wir ließen uns gegenseitig probieren. Das Essen war wie immer sehr gut. Ich war schon öfter hier und nie enttäuscht worden. Die Pizzeria war sehr rustikal eingerichtet. Viel Holz und schwere Tische, auf denen man einen Elefanten hätte servieren können, standen dicht beieinander. An den Wänden hingen typisch italienische Dekorationen. Alles war etwas in die Jahre gekommen, aber hier bekam man die beste Pizza Kölns.

Nach dem Essen saßen wir noch eine ganze Weile beisammen, als Martin sagte: „Heute zeige ich Dir wenigstens mal das Haus in dem ich wohne. Und das nächste Mal entscheidest Du, ob Du auch die Wohnung sehen möchtest, ok?"
„Ja gerne, ist es weit von hier?"
„Lass Dich überraschen!" Martin lächelte, winkte dem Kellner und fragte nach der Rechnung.
Als wir aus der Pizzeria traten hatte es aufgehört zu regnen. Es war aber immer noch kalt und ich fröstelte.
Martin legte seinen Arm auf meine Schulter und zog mich an sich. Wir gingen ein Stück die Straße in Richtung Innenstadt, als Martin plötzlich in eine

kleine Seitenstraße abbog. Vor einem schönen Altbau blieb er stehen und meinte: „Hier wohne ich. Kannst Du Dir das merken? Wenn ich Dich das nächste Mal frage, ob Du zu mir kommen möchtest, weißt Du wo schon wo Du klingeln musst."
Er lachte und zeigte auf die Türklingel.

Ich nickte und sagte: „Schönes Haus und eine tolle Lage. Hier könnte es mir auch gefallen!"
„Ich habe auch lange danach gesucht", antwortete Martin und fragte: „Was machen wir jetzt noch Schönes?"
Ich schaute auf die Uhr. Es war mittlerweile schon fast 18 Uhr geworden.
„Ich glaube ich fahre jetzt nach Hause. Mir ist kalt und ich bin müde. Ich hatte nicht viel Schlaf dieses Wochenende und man wird nicht jünger."

„Ich bringe Dich noch zur Bushaltestelle", sagte Martin und wir schlenderten zurück. Als der Bus kam fragte Martin noch schnell: „Wann sehen wir uns wieder?"
„Nächste Woche klappt es eigentlich nur am Mittwoch. Morgen kommt mein Sohn. An den anderen Tagen wird es wahrscheinlich sehr spät bis ich abends zuhause bin. Ich weiß nicht, wie lange meine kranke Kollegin ausfällt."

Er nickte und als ich in den Bus stieg sagte er noch schnell: „Ich rufe Dich an!"
Ich winkte ihm zu und sah wie er sich umdrehte und wieder in die Richtung seiner Wohnung ging.

Die nächste Woche entpuppte sich wie erwartet als stressig. Der Montagabend mit Tim war sehr schön. Er blieb nach dem Essen noch eine Weile, packte sich dann den Rest Chili con Carne in eine Tupperschüssel und meinte zum Abschied: „Pass auf Dich auf Mum. Wenn was ist, sag Bescheid."

Der Rest der Woche verging wie im Flug. Martin rief jeden Tag an und wollte wissen wie es mir geht. Er wollte ein Treffen vereinbaren.

Ich musste ihn immer wieder vertrösten, denn selbst am Mittwochnachmittag wurde ich beim Praxis Notdienst benötigt.

Erschrocken war ich über zwei Anrufe von Andreas. Ich ging nicht an mein Handy und eine Nachricht von ihm ließ ich unbeantwortet. Ich hoffte, dass er endlich aufgab.

Vor meinem Haus ließ er sich nicht mehr blicken. Am Freitagabend war ich so erschöpft von der anstrengenden Woche, dass ich Martin wieder einmal absagen musste.

Am Telefon fragte er mich noch, ob ich mir vorstellen könnte, ihn am nächsten Tag zum 75. Geburtstag seines Vaters zu begleiten. Familientreffen? Nein dazu hatte ich überhaupt keine Lust. Ich kannte Martin erst eine Woche und wollte nicht schon der Familie vorgestellt werden.

Also sagte ich: „Das möchte ich noch nicht. Deine Familie ist bestimmt sehr nett, aber ihr habt sicher auch ohne mich eine schöne Feier."

„Mit Dir wäre es für mich aber schöner", sagte Martin und ich hörte wie er leise schnaubte.

„Am Sonntag soll es schön werden. Sollen wir eine Radtour machen?" fragte ich.
„Ich habe nur ein altes Schrottrad!" kam die Antwort.
„Ich überlege es mir und rufe Dich dann am Sonntag an."
Martin war beleidigt. Daran konnte ich nichts ändern. Ich nahm mir ein Glas Wein und machte mir etwas zu essen.
Dann setzte ich mich vor den Fernseher. Ich zappte durch alle Kanäle, bis ich an einer Reportage über Neuseeland hängenblieb. Das war einer meiner Sehnsuchtsorte. Wenn ich einmal die Möglichkeit für so eine Reise bekommen würde, wäre das ein Traum.
Der Beitrag dauerte eine Stunde und ich überlegte, ob ich schon ins Bett gehen sollte. Ich ging unter die Dusche. Als ich wieder ins Wohnzimmer kam, sah ich das Handy blinken.

„Sorry, dass ich so reagiert habe. Ich wünsche Dir einen schönen Abend. Kuss Martin!"

Ich schrieb ihm zurück, dass ich nicht sauer bin und das es schön wäre, wenn er am Sonntag Zeit und Lust auf ein Treffen hätte. Mit oder ohne Fahrrad.

Der Samstag wurde sonnig und warm. Ich fuhr mit dem Rad nach Rodenkirchen und setzte mich an den Rhein. Ich genoss die Wärme der Maisonne und ließ die Seele baumeln.
Es waren viele Radler und Spaziergänger unterwegs. Ich fuhr noch ein Stück weiter bis zum

Stadtteil Weiß und setzte mit der Fähre auf die andere Rheinseite über. Dort setzte ich mich in einen Biergarten und bestellte mir einen Cappuccino und einen Eisbecher.

Ich schaute den anderen Menschen zu, wie sie sich unterhielten, lachten und genau wie ich das schöne Wetter genossen.

Den Eisbecher wollte ich später, mit weiteren Radkilometern, wieder abtrainieren.

Als ich die letzten Reste aus dem Becher kratzte schaute ich hoch und traute meinen Augen nicht.

Da setzte sich doch Andreas, nebst trauter Familie an den Nebentisch. In diesem Moment hatte Andreas mich entdeckt und platzierte seine Frau geschickt mit dem Rücken zu mir. So konnte ich nur sehen, dass sie dunkelblonde kurze Haare hatte und schlank war. Die Kinder, ein Junge und ein Mädchen sahen sich sehr ähnlich. Eindeutig eineiige Zwillinge. Die Pubertät hatte die Beiden mit den üblichen Pickeln ausgestattet. Aber sie waren hübsch und wirkten sehr fröhlich.

Andreas bekam einen roten Kopf. Daran war sicher nicht die Sonne schuld. Er war hektisch, schaute dauernd zu mir herüber und hatte offensichtlich Sorge, dass ich ihn ansprechen würde.

Das war das Letzte was ich wollte, aber ich genoss die Situation. Wer lügt und betrügt muss damit rechnen, dass so etwas einmal passiert.

Ich schlug die Beine übereinander und flirtete mit einem der Kellner, der mich fragte, ob er mir noch etwas bringen sollte.

Eigentlich wollte ich zahlen, aber jetzt bestellte ich mir noch ein Glas Weißwein.
Als mir der Kellner das Glas hinstellte, nahm ich es und prostete Andreas, als er mal wieder herüberschaute, zu.
Schnell schaute er weg und ich musste grinsen.
Jetzt war mir klar, dass er seine Frau niemals verlassen hätte. Dazu hatte er viel zu viel Angst, dass ich ihn jetzt kompromittieren könnte.

Ich trank meinen Wein langsam aus, bezahlte und ging zu meinem Fahrrad, das ich an einem Baum abgestellt hatte.
Es zogen leichte Wolken auf und ich entschloss mich, wieder zurück zur Fähre und dann nach Hause zu fahren.
Als ich mich noch einmal umdrehte, sah ich, dass Andreas erleichtert aussah. Und ich wusste, dass es mit uns niemals gut gegangen wäre.

Ich musste eine Weile warten bis die Fähre wieder am Ufer anlegte. Da signalisierte mir mein Handy eine Nachricht:
„Danke das Du mich nicht in Verlegenheit gebracht hast. Ich werde Dich nicht mehr belästigen. Du bist eine tolle Frau", schrieb Andreas

Damit war dieses Kapitel endgültig vorbei und ich fühlte mich gut. Mal sehen was die Zukunft mir jetzt bringen würde. Ich war bereit für ein Abenteuer....

Am Sonntagmorgen verabschiedeten sich die letzten Wolken und einer weiteren Radtour mit Martin stand nichts im Wege.
Ich rechnete nicht damit, dass er sich vormittags melden würde. Es war am Vorabend bei der Geburtstagsfeier des Vaters sicherlich spät geworden.
Kurz nach zehn Uhr klingelte aber schon mein Handy. Martin war also kein Langschläfer.
„Guten Morgen Sonnenschein", sang er in den Hörer und kurz darauf sagte er: „Ich bin nicht so der Tour de France Typ, aber einem schönen Spaziergang in der Sonne bin ich nicht abgeneigt."

„Wo möchtest Du spazieren gehen?" fragte ich.
„Wie wäre es, wenn wir uns am Südfriedhof treffen? Dann können wir durch den Grüngürtel spazieren", sagte Martin.

„In einer Stunde an der Bushaltestelle am Südfriedhof?" wollte ich wissen. „OK", erwiderte Martin und legte auf.

Der Grüngürtel ist ein Park-und Wiesenareal rund um die Stadt und die grüne Lunge der Kölner.
Hier gibt es kleine Teiche und Seen, die Möglichkeit für Kanu-und Tretbootfahrten und einige Nicht-Garten-Besitzer feierten hier auch Grillpartys.

Ich ging zu Fuß zum Treffpunkt und brauchte nur zwanzig Minuten. Ich hatte noch etwas Zeit und kaufte mir am Kiosk einen Coffee to go. Ich verbrannte mir die Zunge an dem heißen Gebräu und fluchte vor mich hin, als mir Jemand auf die Schulter tippte. „Was machst Du denn für ein Geschrei?" fragte Martin und nahm mich in den Arm.

„Ich habe mir an dem schwarzen Spülwasser die Zunge verbrannt", jammerte ich und kuschelte mich an ihn.

„Dagegen hilft nur ein Eis", sagte er.

Martin nahm mir den Kaffeebecher ab und schüttete den Rest in einen Gully. Den Becher warf er in einen Papierkorb.

„Gibt es auch Koffein Eis?" fragte ich. Ich brauche noch meine morgendliche Portion.

„Mokka Eis oder Cappuccino Geschmack wären eine Alternative", war die schlagfertige Antwort von Martin.

„Dann nehme ich eine Kugel von beiden Sorten!" Ich lachte und wir schlenderten in Richtung der Eisdiele.

Mit einer Eiswaffel in der Hand steuerten wir in Richtung Grüngürtel. Es waren viele Menschen mit Hunden oder Familien mit Kindern unterwegs. Sonntags war hier eine Anlaufstelle für alle, die mal abschalten wollten. Auf den riesigen Grünflächen gab es nie Gedrängel. Hier war Platz für alle.

Wir gingen eine Weile Hand in Hand, als Martin plötzlich fragte: „Wie stellst Du Dir denn eigentlich Dein zukünftiges Leben vor? Welche Pläne hast Du?"

Ich musste lange nachdenken. Als ich so spontan nach der Lebensplanung gefragt wurde, war mir auf einmal klar, dass ich nie wirklich darüber nachgedacht hatte.

„Ich bin echt überfragt", antwortete ich. „Ich habe mir bisher nie wirklich Gedanken darüber gemacht!"

Martin runzelte die Stirn und meinte: „Mein Vater hat mich gestern das Gleiche gefragt. Ich wusste es aber sofort."

„Was sind Deine Ziele?" wollte ich wissen.

„Ich habe einen Baum im Garten meiner Eltern gepflanzt. Ich habe zwar kein Haus gebaut, aber eine Wohnung gekauft. Jetzt möchte ich nur noch Vater werden."

Ich war sprachlos. Damit hatte ich wirklich nicht gerechnet und fragte deshalb verwirrt:

„Was willst Du dann von mir? Ich werde Ende des Jahres fünfzig. Oder soll ich nur die Zeit überbrücken, bis Du Jemand gefunden hast, der Dich zum Vater machen kann."

„Ich habe mich in Dich verliebt", sagte Martin und schaute auf den Boden. „Aber ich weiß, dass es unfair Dir gegenüber ist, wenn ich Dich unter diesen Bedingungen in eine Beziehung drängen würde."

„Ich habe einen wirklich großen Kinderwunsch. Meine Schwestern waren gestern mit meinen Neffen und Nichten bei der Geburtstagsfeier. Das hat mich wieder bestätigt."

„Dann weiß ich wenigstens Bescheid. Danke das Du so ehrlich bist", stotterte ich und schaute zu Ihm hoch. „Und was machen wir Beide jetzt?"

Ich war auf einmal sehr traurig. Martin war zwar nicht mein Traummann, aber ich mochte ihn sehr. Jetzt war alles schon wieder vorbei bevor es angefangen hatte.

„Ich weiß nicht ob eine Freundschaft zwischen uns funktionieren kann", antwortete Martin.
„Dazu gefällst Du mir als Frau zu gut."
Er schmunzelte.
„Wir könnten es versuchen. Ich gehe einfach nicht mit Dir ins Bett", sagte ich, aber mir war klar, dass er Recht hatte.
Wir gingen eine Weile schweigend nebeneinander her. Ich dachte an Tim und das Glück Mutter zu sein und verstand auf einmal Martins Wunsch.

„Martin, Du wirst sicher einmal ein wunderbarer Vater und ich wünsche Dir das Du Jemanden findest, der Dir diesen Wunsch erfüllt."

„Du bist ein Schatz Ina" sagte Martin.Da fiel mir erst auf, dass ich ihm noch immer nicht meinen richtigen Namen gesagt hatte. Jetzt klärte ich ihn auf, weil er auch so ehrlich zu mir gewesen war.
Vor Martin braucht ich mich nicht zu verstecken.
„So ein ausgefallener Name passt auch viel besser zu Dir. Du bist eine tolle Frau. Ich bin froh, dass Du so reagiert hast. Und ich hoffe, dass wir uns trotzdem wieder einmal treffen können. Ich werde auch die Finger von Dir lassen!" Er ginste verlegen.

„Lass es uns versuchen", antwortete ich und er nahm mich in den Arm.

Am Abend fiel ich in ein Loch. Auf einmal setzte das Gefühl, allein zu sein, mir sehr zu. Ich fühlte mich unendlich traurig.
Nicht weil es mit mir und Martin nicht zu mehr als zu einer Freundschaft reichte, sondern weil mir bewusst wurde, dass ich nicht wusste was ich eigentlich wollte.
Single zu sein war auf einmal gar nicht mehr so erstrebenswert. Ich wollte doch Jemanden an meiner Seite. Ich wollte mich verlieben. Und ich wollte vor allem eine Perspektive. In ein paar Monaten war mein 50.Geburstag und vor diesem Tag graute es mir.

Ich nahm mir eine Decke und ein Glas Wein und setzte mich auf die Couch. Ich schaltete den Fernseher ein. In einem Programm lief „Schlaflos in Seattle". Es kam gerade die Szene auf dem Empire State Building, wo sich Tom Hanks und Meg Ryan trafen. Ich konnte die Tränen nicht zurück halten. Ich schaltete den Fernseher aus. Irgendwo würde doch auch ein Mann auf mich warten. Ich gab die Hoffnung nicht auf.

In der nächsten Woche blieb das Gefühl der Trauer und der Unzufriedenheit. Am Freitagabend saß ich allein zuhause. Meine Kollegin Gaby wollte in die Disco und fragte mich ob ich sie begleiteten möchte. Aber ich konnte mich nicht motivieren. Ich wollte allein sein.

Ich setzte mich an mein Laptop und surfte etwas im Internet. Und da war sie wieder, die Werbung für erstflirtendannverlieben.de.
Sollte ich es doch einmal dort versuchen?
Ich gab die Internetadresse ein und landete auf einer Seite, von der mir gutaussehende Männer und Frauen entgegen lachten.
Das sah sehr vielversprechend aus und ich suchte nach dem Login. Als neues Mitglied musste ich erst einmal viele Fragen zu meiner Person und zu meinen Wünschen an meinen zukünftigen Partner beantworten.
Als die Frage nach meinem Nicknamen kam, trug ich der Einfachheit halber wieder Colonina ein. „Dieser Name ist schon vergeben", musste ich lesen. Da hatte mir doch tatsächlich Jemand meinen Namen geklaut. Ich überlegte was noch zu mir passen könnte.
Auf einmal fiel mir ein, dass Paul mich des Öfteren Chaos Lady nannte, wenn ich mal wieder spontan Dinge über den Haufen geworfen hatte.
„Dieser Name ist schon vergeben", stand wieder im Textfeld. Ich war ratlos und dann schrieb ich einfach Lady Chaos.
„Herzlich willkommen Lady Chaos!" konnte ich jetzt lesen. „Bitte lade ein Foto von Dir hoch."
Ich wählte das gleiche Foto wie auf der Kölner Homepage und konnte dann noch meine Hobbies, Beruf oder andere Dinge angeben. Da alles freiwillig war, schrieb ich nur bei den Hobbies: Reisen, Kino und Konzerte. Den Rest ließ ich frei.
Als Letztes kam noch die Frage nach der Mitgliedschaft. Ein Probe Abonnement kostete

zwanzig Euro für einen Monat. Ich entschied mich
erst einmal dafür, denn wenn es mir auf diesem
Portal nicht gefiel, wurde es nicht zu teuer.
Ich saß schon fast eine halbe Stunde am Laptop
und konnte mich jetzt erst einmal auf der
Homepage umschauen.
Man konnte Nachrichten verschicken, jemanden
den man mochte ein Smiley oder ein Herz schicken,
oder gemeinsam mit anderen Usern öffentlich
chatten.
Es wurden mir Vorschläge unterbreitet von
Männern, die zu mir passen könnten. Das ergab
sich aus Alter, Neigungen und der Nähe zum
eigenen Wohnort.
Ich schaute mir einige Fotos und das dazu
gehörende Profil an. Es waren durchaus ein paar
Männer dabei, die mir gefallen hätten.
Auf einmal öffnete sich am oberen Bildrand ein
Textfeld in dem stand:
„Du hast ein Smiley von Mr. Tom bekommen.
Möchtest Du ihm ein Smiley zurück schicken?"
Ich klickte das Profil von Mr. Tom an und sah auf
dem Profilfoto einen Strand mit einer
stecknadelgroßen Person am Horizont. Na toll, man
konnte ihn selbst mit einer Lupe nicht erkennen.
Also gab es kein Smiley.
Ich loggte mich aus. Für heute hatte ich erstmal
genug. Ich hatte mich angemeldet und erwartete
erstmal nicht zu viel.

Auf einmal hatte ich doch Lust etwas zu
unternehmen. Gaby freute sich, dass ich doch noch

zusagte und wir verabredeten uns für 22 Uhr an unserer Lieblingsdisco am Rudolfplatz.
Es wurde ein schöner Abend. Wir lachten viel und tanzten bis weit nach Mitternacht. Um zwei Uhr hatte Gaby dann eine Eroberung gemacht. Ein netter, südländisch aussehender Mann hatte sie zu einem Cocktail eingeladen. Für mich wurde es Zeit mich zu verabschieden. Ich flüsterte Gaby ins Ohr: „Viel Spaß und pass auf Dich auf!" Sie lächelte und antwortete: „Ich werde Dir berichten, wie es gelaufen ist!"

Am nächsten Morgen wurde ich vom Klingeln des Handys auf dem Nachttisch geweckt. Es war Martin. Ich ließ es noch ein paar Mal klingeln, bis sich der Anrufbeantworter einschaltete.
Ich war noch zu müde um zu telefonieren und ich drehte mich nochmal um.
Als ich wieder wach wurde, war es fast zwölf Uhr. Ich stand auf und hörte mir die Nachricht an, die Martin hinterlassen hatte.
„Heute ist Flohmarkt am Rheinufer. Hast Du Lust hinzugehen?" Er wusste, dass ich gern auf Trödelmärkten stöberte.
Ich überlegte kurz und rief ihn zurück. Wir vereinbarten ein Treffen um 15 Uhr. Ich trottete in die Küche um mir einen Kaffee zu machen.
Nachdem ich mich im Badezimmer zurecht gemacht hatte, schieb ich Gaby eine Nachricht:
„Ich hoffe Du bist gut nach Hause gekommen und hattest noch einen schönen Abend mit dem Latin Lover!"

Nach zehn Minuten kam die Antwort: „Er heißt Panos, ist Grieche und ein wirklich netter Mann. Bin aber allein nach Hause gegangen."
„Braves Mädchen!" schrieb ich zurück und freute mich für sie.

Ich fuhr mit dem Fahrrad zum Treffpunkt. Ich musste den Kopf durchpusten lassen. Wenig Schlaf und Alkohol konnte ich nicht mehr so gut vertragen wie früher.
Martin kam fünf Minuten später, sah mich und winkte mir zu. „Na Du Trödelqueen. Nach was soll ich für Dich Ausschau halten?"

Ich sammelte schon seit Jahren antiken oder alten Schmuck. Manchmal machte ich auf Flohmärkten richtige schöne Funde. „Halte einfach überall an wo es Schmuck gibt", grinste ich und wir drängelten uns durch die Menschenmenge zu einem der nächsten Stände.
„Ich freue mich Dich zu sehen und das Du Zeit für mich hast", sagte Martin und streichelte mir über den Arm.

„Ich hatte sowieso nichts Besseres vor." Ich grinste und streckte ihm die Zunge raus.
„Kleines Biest!" kam die Antwort und wir mussten lachen.
An einem der Tische mit altem Porzellan, Lampen und Schmuck hielt ich an. Dort fiel mir gleich ein Medaillon auf. Es war aus Silber und man konnte es aufklappen. In der Mitte war ein ganz altes, kleines Foto von einem Ehepaar. Der Kleidung nach

musste das Foto aus der Zeit um die Jahrhundertwende sein. Ob das Medaillon so alt war konnte ich nicht sagen. Es war aber wunderschön. Ich wollte es haben.

„Was möchtest Du dafür haben?" fragte ich das junge Mädchen hinter dem Verkaufstisch. „Sie überlegte kurz und sagte dann: „25 Euro". Das erschien mir sehr preiswert, aber auf Flohmärkten muss man immer handeln. Ich bot ihr 15 Euro an und wir einigten uns auf 20 Euro. Noch bevor ich meine Geldbörse aus der Tasche gezogen hatte, holte Martin sein Geld aus der Hosentasche und bezahlte für mich.
„Ich möchte Dir etwas schenken was Dich an unsere Freundschaft erinnert", meinte er und gab mir das kleine Tütchen, in das die Verkäuferin das Medaillon gesteckt hatte.
„Vielen Dank, das ist lieb von Dir", sagte ich und verstaute mein Geschenk in meiner Tasche.

Wir schlenderten noch eine Weile an den verschiedenen Ständen vorbei und probierten lustige Hüte an. Ich konnte Martin gerade noch davon abbringen, ein fürchterliches Gemälde zu kaufen. „Wenn das Deine zukünftige Frau im Wohnzimmer hängen sieht, sucht sie gleich das Weite!" Ich musste lachen. „Das ist weder antik noch schön!"
Später gingen wir noch in ein Restaurant in der Altstadt. Ich lud Martin zum Essen ein.
Er hatte bis dahin immer bezahlt und ich wollte mich revanchieren.

Nach dem Essen bummelten wir wieder zurück zu der Stelle, wo ich mein Fahrrad abgestellt hatte.
Martin nahm mich in den Arm und küsste mich auf die Stirn.
„Ich würde Dich viel lieber auf den Mund küssen!" sagte er und ich musste lächeln.
„Das ist keine gute Idee", sagte ich und wollte mich zu meinem Fahrradschloss hinunterbeugen.
Er hielt mich fest und küsste mich leidenschaftlich auf den Mund.
„Damit ich weiß, was ich verpasst habe!" sagte er, als er mich wieder los ließ.
Ich antwortete nicht darauf. Ich war in diesem Moment einfach nur durcheinander und stieg umständlich auf mein Fahrrad.
„Mach es gut Martin. Danke für den schönen Tag", sagte ich und fuhr davon, ohne mich nochmal umzudrehen.
Zuhause angekommen war ich immer noch von der Situation gefangen. Was wollte Martin denn nur?
Ich mochte solch ein Gefühlschaos überhaupt nicht. Martin war mir nach kurzer Zeit sehr wichtig geworden. Ob ich verliebt war, wusste ich nicht aber mir war klar, dass Martin keine feste Beziehung wollte. Ich verstand auch den Grund. Aber eine Freundschaft zwischen uns würde auf Dauer nicht funktionieren. Und dann würde es richtig kompliziert werden.
Ich nahm mir vor, mich etwas zurück zu ziehen. Ich brauchte jetzt erstmal etwas Abstand.

Abends setzte ich mich wieder an meinen Laptop und loggte mich auf der Homepage des Partnersuche Portals ein.
„Ihr Profil wurde 91 Mal aufgerufen. Sie haben 54 Smileys und 12 Nachrichten bekommen."

Ach Du liebe Zeit. Was war denn hier los? Das konnte nur ein Fehler sein. Ich öffnete mein Postfach und tatsächlich waren hier diese Nachrichten. Ich konnte auch sehen, wer mein Profil aufgerufen hatte.
Ich las die Nachrichten der Reihe nach. Die meisten waren belanglos, oder von Männern die mich optisch überhaupt nicht ansprachen.
Einer lud mich zum Gruppensex ein. Ein Anderer suchte eine Frau für einen Seitensprung.
Ich hatte schon gehört, dass viele Männer im Internet nicht die große Liebe, sondern eher Gleichgesinnte für ein Abenteuer suchten.
Zwei Nachrichten waren lustig. Eine davon war von *Mr. Tom*. Das war der mit dem Strandfoto.

„Ich heiße Tom und bin nicht weiß. Bin schwarzer Mann. Du sehen wunderschön aus und ich möchte treffen. Vielleicht später heiraten. Komme aus Senegal und möchte bleiben in deutsches Land."

Ich musste laut lachen. Da suchte Jemand eine Frau für eine Scheinehe. Ich löschte die Nachricht und las die andere von einem *Scheidungsopfer*.
Zumindest der Nick Name war kreativ.

„Mir gefällt Dein Foto. Ich habe mich in Deine blauen Augen verliebt. Du bist doch nicht wirklich 49?"

Das war ein nettes Kompliment. Es sei denn, er meinte, dass ich älter aussah. Ich schaute mir sein Profil an. Auf dem Foto war ein dunkelhaariger Mann mit leicht grauen Schläfen zu sehen. Er lachte und sah sympathisch aus. Aus den Profilangaben konnte ich erkennen, dass er 51 Jahre alt war und geschieden. Als Hobby hatte er Sport und Reisen angegeben.

Ich schrieb ihm zurück: „Man kann sich nicht in Augen verlieben."

Mehr nicht. Mal sehen ob er sich nochmal meldete.

In diesem Moment lud mich ein *Nimm Mich* zum Chat ein. Ich wollte schon ablehnen, aber ich wollte wissen wer dahinter steckte.

„Hallo schöne Frau. Ich bin Dirk. Danke das Du meine Einladung angenommen hast."

„Ich war neugierig", gab ich zu und er antwortete: „Sind wir das nicht alle?"

Wir schrieben eine Weile über alle möglichen Dinge und ich unterhielt mich köstlich.

Dirk war lustig und das, was er schrieb war intelligent und unterhaltsam. Er fragte, was mich zu diesem Portal getrieben hatte und was ich mir davon versprach.

„Ich dachte, ich könnte mich an mein Single Dasein gewöhnen. Aber ich tauge nicht zum Alleinsein.

Wenigstens das habe ich in den letzten Wochen herausgefunden", schrieb ich.

„Suchst Du einen Mann fürs Leben oder nur für das Bett?" fragte er.
„Ich suche hier eine Frau, die meine sexuellen Neigungen teilt. Sie sollte möglichst etwas älter sein. Du gefällst mir sehr."
Jetzt wusste ich warum er den Namen *Nimm Mich* gewählt hatte. Ich hätte doch vorher mal auf sein Profil schauen sollen.
Das tat ich jetzt und las, dass er ein 25 Jahre alter Student war. Auf dem Foto sah er noch jünger aus. Das hatte ich jetzt davon.
In Zukunft wollte ich mir zuerst das Profil der Männer anschauen, bevor ich mich in den Chat einladen ließ.
Ich schrieb zurück: „Ich habe mich gerade von meinem Toy Boy getrennt und suche jetzt lieber einen Mann mit Erfahrung. Viel Glück für Dich!"

Bevor er antworten konnte, verließ ich den Chat und schnaubte durch.
Wenn ich hier keinen Partner finden würde, hätte ich zumindest kurzweilige Abende.
Für heute sollte es aber genug sein. Ich loggte mich aus.

Es war noch keine 21 Uhr und es wehte ein warmer Wind, als ich mich auf den Balkon setzte.
Ich ließ die Seele baumeln und dachte über die letzten Wochen nach. Ich hatte mich erst im Januar

von Paul getrennt. Dann kam der Umzugsstress und meine zurück gewonnene Freiheit als Single.

Aber plötzlich wurde mir etwas mit Wucht bewusst. Ich wollte mich verlieben. Ich wollte geliebt werden. Ich wollte das Gefühl nach Jemanden verrückt zu sein und die Wärme einer Beziehung.
Ob ich das im Internet finden würde? Mit 49 hatte man auch im realen Leben nicht die Möglichkeit, an jeder Ecke Jemanden zu finden. Die Männer, die nicht verheiratet waren, hatten oft ihre Macken und Eigenarten. Die ewigen Single Männer wollten nur Sex oder waren zu verklemmt eine Frau anzusprechen. Und ich war auch nicht einfach. Ich weiß was ich will und habe meine Prinzipien. Also stimmte es doch, wenn man sagt, es sei einfacher vom Blitz getroffen zu werden, als mit fünfzig noch einen passenden Partner zu finden. Ich seufzte, stand auf und ging ins Bett.

Am Sonntag ging ich mit Tim und seiner Freundin ins Kino. Wir schauten uns einen Actionfilm an und gingen anschließend noch in einer Bar, um einen Cocktail trinken.
„Die Beiden sind ein schönes Paar", dachte ich. Tim hatte meine Gedanken gelesen und meinte „Mum, Du findest auch noch den passenden Deckel." Er zwinkerte mir zu und ich sagte: „Drück mal die Daumen."

In der darauf folgenden Woche hatte ich meine erste Kochkurs Stunde. Wir waren eine Gruppe von zwölf Personen. Alles Frauen! Hier würde ich also auch keinen Mann kennenlernen. Die Kursleiterin war eine kleine Asiatin, die sich als Mai Ling vorstellte. Das hatte ich jedenfalls verstanden. Es war eine lustige Runde. Wir lernten die verschiedenen Gewürze und exotische Zutaten kennen und bereiteten gemeinsam eine scharfe asiatische Gemüsesuppe zu. Die ewige Besserwisserin befand sich auch in der Gruppe. Tina hatte schon einige Urlaube in Asien zugebracht und übernahm bald den Job von Mai Ling. Ich ignorierte sie, als sie mir zeigen wollte welches Gewürz am besten für Fischgerichte zu verwenden war.

Am Ende der Stunde durften wir unser selbst zubereitetes Gericht essen. Ich brauchte also zuhause nicht mehr kochen. Sehr praktisch!

Nach der Stunde fragte Tina, ob wir nicht alle zusammen etwas trinken gehen wollen. Die meisten wollten lieber nach Hause und ich hatte keine Lust, mir die Lebensgeschichte von Tina anzuhören. Also winkte ich auch ab und ging in Richtung Bushaltestelle. Der Kochkurs fand am Neumarkt statt. Ich musste erst mit der Straßenbahn und dann noch mit dem Bus fahren. Als ich aus der Straßenbahn stieg, sah ich Paul auf der anderen Straßenseite stehen. Ich rief seinen Namen. Er sah mich und deutete mir an, dass er zu mir rüber kommen wollte.

„Wo kommst Du denn jetzt her?" fragte er. Ich erzählte ihm vom Kochkurs und ich fragte nach seinem Vater.

„Ich fahre am Wochenende wieder nach Hause. Ich habe frei bekommen. Meine Mutter dreht langsam durch. Sie realisiert jetzt erst, dass mein Vater sterben wird."

„Die Situation ist ja auch grausam", sagte ich und wollte mir gar nicht vorstellen, was es bedeutete, wenn man einen geliebten Menschen gehen lassen musste.
Paul war auf dem Weg zu dem Restaurant, in dem er arbeitete. Als seine Straßenbahn kam drückte ich ihn und sagte:" Wenn Du Jemanden zum Reden brauchst. Ich bin da."

Am nächsten Freitag rief Martin an. Er wollte wissen, ob es mir gut geht. Er wollte am Samstag einen Ausflug in die Eifel machen und fragte mich, ob ich mitkommen möchte.
Eigentlich wollte ich mich so schnell nicht wieder mit ihm treffen, aber das Angebot war zu verlockend.
Martin kannte mittlerweile meine Adresse und holte mich am nächsten Morgen ab. Als es klingelte, schaute ich aus dem Fenster und sah Martin neben einem Cabrio stehen. Ich lief die Treppe hinab und fragte: „Woher hast Du den denn? Ich liebe es im Cabrio zu fahren!"
„Das ist ein Mietwagen. Ich hatte Lust auf eine Open Air Fahrt. Das Wetter ist doch super heute", sagte Martin und nahm mich in den Arm.
Er hielt mir die Tür auf und ich setzte mich aufgeregt hinein. Wir fuhren in die Eifel. Es war wirklich ein traumhaft schöner Tag.

Die Sonne lachte von einem strahlend blauen Himmel. Ich hatte eine Jeansshorts an und ein ärmelloses Top und hoffte, dass ich heute etwas braun werden würde. Ich hatte meine bunte Picknickdecke mitgenommen und Martin hatte eine Kühltasche mit Leckereien dabei.

Wir fuhren eine kurvenreiche Strecke durch eine wunderschöne hügelige Landschaft, als Martin plötzlich auf einen Wanderparkplatz abbog.

„Ich war hier schon mal vor ein paar Jahren. Hier gibt es einen kleinen See. Dort können wir picknicken", sagte er. Martin hob die Kühltasche aus dem Auto und reichte mir die Decke.

„Hier entlang!" kommandierte er und ich sagte: „Jawoll Herr General!" und salutierte. Martin lachte laut und schubste mich sanft.

Wir mussten nicht lange laufen. Nach etwa hundert Metern erreichten wir einen idyllischen kleinen See, mit schattigen Plätzen zum Verweilen.

Ich breitete die Decke unter einem Baum aus und legte mich in die Sonne. Martin ließ sich neben mir im Schatten nieder. „Ich bekomme sehr schnell einen Sonnenbrand", meinte er.

„Kannst Du mich auf dem Rücken eincremen?" fragte ich. Ich hatte vorsichtshalber Sonnencreme eingepackt.

Ich drehte mich auf den Bauch und genoss es, dass Martin mir sanft den Rücken massierte.

So konnte er ewig weitermachen.

„Cremst Du mich auch bitte ein?" fragte Martin. Als ich mich aufsetzte, hatte auch er sich auf den

Bauch gelegt. Ich nahm wortlos die Cremeflasche und fing an seinen Rücken einzucremen.

„Man könnte das schon fast Sex unter Freunden nennen", grummelte Martin mit dem Gesicht auf der Decke.

„Man braucht dazu wenigstens keine Kondome", lachte ich und legte mich wieder neben ihn.

Wir lagen eine Weile nebeneinander und genossen die Sonne. Ich war froh mitgekommen zu sein. Das hier war fast so schön wie Urlaub. Die Wärme machte mich schläfrig und ich fühlte mich so entspannt wie lange nicht mehr.

Plötzlich fühlte ich einen Schatten über mir. Ich öffnete die Augen und sah Martins Gesicht dicht über meinem. Er küsste mich und streichelte mir über meine Haare. Es war sanft und ich warf alle Bedenken über Bord. Wir küssten uns leidenschaftlich. Martin versuchte mir mein Shirt hochzuschieben. In diesem Moment hörten wir die Stimmen von Personen, die ebenfalls auf den See zusteuerten.

„Das war der Wink mit dem Zaunpfahl!" sagte ich und zog mein Shirt wieder an die richtige Stelle.

„Es tut mir leid, aber ich konnte mich nicht zurück halten. Ich bin verrückt nach Dir!" sagte Martin.

Ich nahm die Flasche Wein aus der Kühltasche und reichte sie Martin. „Lass uns auf die Freundschaft trinken. Alles andere wird zu kompliziert."

Er nickte und goss uns ein Glas Weißwein ein. Wir aßen das Obst und die Sandwiches die Martin eingepackt hatte. Hand in Hand lagen wir noch eine

Zeit zusammen, bis die Sonne hinter dem Baum verschwunden war.

„Sollen wir weiterfahren?" fragte Martin und half mir aufzustehen. Jetzt erst merkte ich, dass ich doch einen Sonnenbrand bekommen hatte. Meine Schultern waren krebsrot und auch auf den Oberschenkeln brannte es.

„Du siehst aus wie ein Hummer!" ärgerte mich Martin. Da musst Du zuhause gleich was drauf machen."

Wir gingen wieder zurück zum Auto. Es kamen Wolken auf und im Radio sagte der Sprecher: „Heute ist in den Abendstunden, besonders in der Eifel, mit Gewitter und Starkregen zu rechnen."

„Lass uns lieber nach Hause fahren. Das hört sich nicht gut an", sagte ich und Martin nickte.

Wir fuhren so lange es ging ohne Verdeck. Als es anfing leicht zu regnen, schloss Martin das Dach. Innerhalb von fünf Minuten fuhren wir durch ein Unwetter, wie ich es lange nicht mehr gesehen hatte.

Wir mussten zwischendurch auf einem Parkplatz anhalten und warten, weil man die Hand nicht vor Augen sehen konnte. Es regnete in Strömen.

Wir brauchten fast dreimal so lange für die Rückfahrt. Martin hielt irgendwann vor meiner Haustür und ich bedankte mich für den schönen Tag.

Ich sagte: „Mach Dir keine Gedanken. Ich hatte auch Lust auf Dich. Aber es ist gut, dass wir es

nicht getan haben. Irgendwann wird auch das einen Sinn machen!" Ich stieg aus dem Auto.
„Wahrscheinlich hast Du Recht", kam die Antwort von Martin. „Ich melde mich bei Dir!" und weg war er.

Ich schloss die Wohnungstür auf und suchte gleich im Medizinschrank nach einer Salbe gegen Sonnenbrand. Als Arzthelferin hatte man immer etwas im Hause. Leider war die Salbe schon fast ein Jahr über dem Verfalldatum. Trotzdem schmierte ich sie mir auf die betroffenen Stellen und jammerte leise.
Ich konnte in der Nacht kaum schlafen, weil ich nicht wusste wie ich liegen sollte. Das hatte ich davon, mich nur auf dem Rücken eincremen zu lassen. Die Vorderseite und Schultern hatte ich ignoriert.
Ich war froh, dass ich am nächsten Tag nicht arbeiten musste, denn ich war völlig übermüdet.
Am Sonntag musste ich dann doch in die Notdienst Apotheke. Auf meinen Schultern hatten sich über Nacht Blasen gebildet. Die abgelaufene Creme warf ich in die Mülltonne.
Der Apotheker gab mir eine Brandsalbe und empfahl mir, Tomatenscheiben auf die stark verbrannten Stellen zu legen. „Die Feuchtigkeit und die Inhaltsstoffe der Tomate helfen bei Verbrennungen", gab er mir den Rat.
Zuhause angekommen schaute ich erst einmal in den Kühlschrank. Tomaten hatte ich immer im Haus.

Ich sah aus wie ein Caprese auf Beinen. Nur der Mozzarella fehlte. Aber es half. Sogar besser als die Brandsalbe.

Am Nachmittag ließ der Schmerz langsam nach und ich schlief auf der Couch ein.

Am frühen Abend wurde ich wieder wach und machte mir etwas zu Essen. Ich hatte am Vortag das Letzte gegessen. Vor Schmerzen hatte ich das Frühstück vergessen und das Mittagessen verschlafen.

Ich überlegte, ob ich Martin anrufen sollte, entschied mich aber dagegen. Stattdessen schaltete ich das Laptop an und meldete mich bei der Partnersuche an.

Heute hatte ich 47 Besucher und 14 Nachrichten. Die Smileys löschte ich gleich wieder.

Wer sich nicht traute zu schreiben, kam nicht in Frage.

Es waren wieder ein paar eindeutige Angebote dabei und sogar eine Anfrage von einer Frau. Auch Lesben waren hier unterwegs.

Eine Nachricht war vom *Scheidungsopfer*.

„Wer behauptet, dass man sich nicht in so faszinierende Augen verlieben kann? In den Rest vielleicht bei einem Treffen?" hatte er geschrieben.

Ich antwortete ihm, dass ich mich nicht mit Männern treffe, von denen ich nicht mehr wußte, außer das sie auf blaue Augen stehen.

Ich las die anderen Nachrichten. Einige waren witzig und manche strotzten vor Rechtschreibfehlern.

Eine Nachricht sprach mich dann wirklich an. Sie kam von einem *Flieger007*
Er schrieb sehr witzig, warum er hier auf dem Portal gelandet war. Er wollte schon immer eine Lady kennenlernen, die sein Leben ins Chaos versetzt. Er bezog sich auf meine Nicknamen Lady Chaos. Er war Pilot und sein Foto zeigte einen wirklich attraktiven Mann in meinem Alter. Bei der Vorstellung einen Piloten in Uniform kennen zu lernen, setzte mein Verstand kurzfristig aus. Uniformen fand ich schon immer sexy. Ob Polizei, Soldat oder im Karneval.

Ich schrieb ihm zurück, dass die meisten Männer hier gelandet sind, weil sie das Chaos der letzten Beziehung lieber vergessen wollten. Aber wenn er sich traut, könnte ich ihm gern sein Leben durcheinander bringen.
Als ich noch überlegte, was ich sonst noch schreiben könnte antwortete mir das *Scheidungsopfer*, dass eigentlich Michael hieß. So stellte er sich in seiner Nachricht vor.
„Wir sind doch alle hier um uns kennen zu lernen", schrieb er. „Ich gebe auch zu, dass ich auf blaue Augen stehe. Aber noch viel besser gefällt mir dein Lächeln."

Ich wartete noch einen Moment und schrieb zurück:
„Hallo Michael, ich heiße Ina und ich danke Dir für Dein Kompliment."
Es stellte sich heraus, dass Michael auch aus Köln kam. Er war laut Profil 50 Jahre, frisch geschieden

und Vater von einem kleinen Sohn, der gerade acht Jahre alt geworden war.

Wir schrieben uns noch ein paar Nachrichten, aber bei mir sprang der Funke nicht über. Ich hatte irgendwie den Piloten im Kopf und hoffte, er würde sich melden.

Ich meldete mich bei Michael nach ein paar Minuten ab, unter dem Vorwand, dass ich telefonieren wollte. Man konnte seinen Status auf *abwesend* setzen und trotzdem weiterhin sehen wer online war. Eigentlich gemein, aber ich hatte keine Lust auf weiteren Small talk mit Michael.

Ich machte mir einen Kaffee. Als ich mich wieder an das Laptop setzte, hatte Michael noch geschrieben: „Ich muss auch wieder los. Schönen Abend und vielleicht bis demnächst?"

Ich antwortete nicht.

Ich schrieb an diesem Abend noch mit einigen anderen Männern, deren Namen ich gleich wieder vergessen hatte. Es war immer die gleiche Geschichte. Böse Frau hat netten ehrlichen Mann verlassen. Alle fühlten sich unverstanden und suchten jetzt die wahre Liebe.

Die suchte ich auch. Aber es wurde immer unwahrscheinlicher, dass ich sie hier finden würde. Es machte mir auch Angst, wie viele Männer im Internet anonym nach Sex Kontakten suchten.

Das konnten doch unmöglich alles Singles sein! Ich hatte keine Lust hier wieder Jemanden wie Andreas zu erwischen.

Ich hatte genug für heute. Ich hatte Sehnsucht nach Jemanden, der mich in den Arm nahm.
Obwohl das heute keine gute Idee gewesen wäre.
Der Sonnenbrand machte sich wieder bemerkbar.

Der Mai ging schon dem Ende zu und ich freute mich schon auf meinen Urlaub im Juli. Leider konnte ich doch nicht wegfahren. Dafür reichten meine Ersparnisse nicht. Aber ein paar freie Tage würden mir gut tun.
Ende Mai hatte ich nochmal eine Verabredung mit Martin. Bis dahin hatten wir nur ein paar Mal telefoniert.
Er hatte mich zu sich nach Hause eingeladen. Er wollte auf dem Balkon für uns grillen. Ich brachte ein Sixpack Kölsch, statt Blumen mit und Martin zeigte mir stolz seine Wohnung. Sie lag unter dem Dach mit Schrägen und war urgemütlich. Für einen Mann hatte er einen wirklich guten Geschmack und ich fühlte mich auf Anhieb wohl.
Er hatte auf dem Balkon schon zwei Liegestühle aufgebaut. Auch ein kleiner Esstisch und der Grill passten noch darauf.
Und dann die Aussicht! Man konnte bis zum Dom schauen. Kein Wunder, dass Martin sich gleich in die Wohnung verliebt hatte.
Er reichte mir ein Glas mit eiskalten Weißwein und prostete mir zu.
„Auf einen schönen Abend!" sagte er und wir tranken Beide einen Schluck. Möchtest Du Dein Steak medium?" fragte Martin.
„Gerne, alles andere gehört in die Kategorie Schuhsohle", antwortete ich.

Er hatte einen Salat auf den Tisch gestellt und ich
verteilte ihn auf unsere Teller. Dazu gab es
Baguette und Kräuterbutter.
Ich beobachtete Martin am Grill. Er drehte sich
lächelnd zu mir um. Und plötzlich wusste ich, was
diese Einladung bedeutete.
„Ist das meine Henkersmahlzeit?" fragte ich. Ich
hatte auf einmal das Gefühl, dass es unser letzter
gemeinsamer Abend sein würde.
„Das hört sich grausam an", antwortete er und
nahm mich in den Arm.
„Ich hätte wissen sollen, dass du mich sehr gut
kennst. Ich kann Dir nichts verheimlichen", sagte er.

„Hast Du Jemanden kennengelernt?" fragte ich und
setzte mich auf einen der Liegestühle. Plötzlich
hatte ich das Gefühl, mit hinsetzen zu müssen.

„Ich kenne sie schon länger. Wir arbeiten
zusammen. Es ist anders als mit Dir.
Es wird sich entwickeln. Ich sehe da eine Zukunft."

Ich wusste nicht, was ich sagen sollte. Ich war nicht
wütend und auch nicht enttäuscht. Ich war neidisch,
dass er Jemanden gefunden hatte, der für ihn
Zukunft bedeutete.
Wir aßen schweigend und wussten Beide, dass es
unser letztes Treffen war. Es würde keine weiteren
Verabredungen geben. Dazu gab es zu viele
Gefühle und nicht erfüllte Wünsche.
Wir saßen noch lange auf dem Balkon und
schwiegen. Es war alles gesagt.

Ich versuchte mich abzulenken, indem ich fast jeden Abend auf der Partnerseite chattete. Und ich traf mich doch mit Michael, dem Scheidungsopfer. Er hatte mich mit Nachrichten überschüttet und war hartnäckig genug geblieben.

Wir verabredeten uns an einem Nachmittag Anfang Juni zum Kaffee trinken. Ich hatte keine besonderen Erwartungen und fuhr ziemlich spät zum vereinbarten Treffpunkt.
Als ich in dem Café ankam, schaute ich mich um und konnte keine Person ausmachen, die Michael ähnlich sah.
Ich setzte mich an einen freien Tisch und bestellte mir einen Kaffee. Ich dachte gerade, dass Michael mich versetzt hatte, als ein Mann an meinen Tisch kam.

„Ina?" fragte ein kräftiger Mann, der irgendwann einmal dem Foto von Michael ähnlich gewesen sein konnte.
„Ja bitte?" fragte ich. „Ich bin das Scheidungsopfer", sagte er. „Ich weiß, das Foto im Internet ist nicht aktuell."
Nicht aktuell war geschmeichelt. Er sah wesentlich älter aus, brachte einige Kilos mehr auf der Waage und sah ungepflegt aus.
Er setzte sich an den Tisch und bestellte sich auch einen Kaffee. „Du bist eine sehr hübsche Frau", schmeichelte er und legte sein Handy auf den Tisch.

In diesem Moment hätte ich gehen sollen. So blieb es mir aber nicht erspart, dass er mir auf dem Handy unzählige Fotos von seiner Ex Frau zeigte, sie übel beschimpfte und mir immer wieder erklärte, dass er sie bei der Scheidung über den Tisch ziehen würde. Er lebte schon getrennt und hatte nicht vor, seine Frau und sein Kind in irgendeiner Weise zu unterstützen.

„Die mache ich fertig!" waren seine Worte.

Ich stand auf und ging wortlos an die Theke. Ich bezahlte meinen Kaffee und ging zurück an den Tisch.

„Ich kann gut verstehen, dass Deine Frau das Weite gesucht hat und wünsche ihr einen guten Anwalt!"

Ich nahm meine Jacke vom Stuhl und ließ das Scheidungsopfer sitzen.

Ich hatte erstmal die Nase voll vom Internet. In den nächsten Tagen besuchte ich meine Eltern, traf mich mit meiner Schwester zum shoppen und mit Tim ging ich zum Bowling.

Ich ging zu meinem Kochkurs und strampelte mich im Fitness-Studio ab. Ich war ständig unterwegs, weil mir zuhause die Decke auf den Kopf fiel.

An einem der letzten Tage meines Abonnements auf der Partnerseite loggte ich mich noch einmal ein.

Ich überlegte, ob ich es noch einmal verlängern sollte. Eigentlich hatte es mir nichts gebracht, außer der Erkenntnis, dass ich hier keinen Mann kennen lernen würde.

Da ich lange abwesend war, hatte ich über hundert Profilbesucher und einige Nachrichten. Die wollte ich noch lesen und dann den Account löschen. Nach der dritten Nachricht wollte ich schon alles löschen. Gab es denn hier nur Gestörte auf diesem Portal?

Und dann hatte tatsächlich der *Flieger007* geantwortet.

„Sorry ,dass ich jetzt erst antworte. Ich hatte ein paar Langstreckenflüge und konnte nicht immer online sein. Ich möchte gern Ordnung und Ruhe in Dein Chaos bringen", konnte ich lesen.

Ich löschte alle anderen Nachrichten und schrieb zurück: „Wenn Du das schaffst, bekommst Du von mir eine Flasche Champagner!"

Ich klickte auf senden und die Antwort kam sofort: „Ein Kölsch wäre mir lieber. Wie heißt die Lady denn im realen Leben?"

„Oh, Du bist online?" tippte ich zurück. „Ich bin Ina und ich trinke auch lieber Bier als Champagner."

„Dann sind wir uns in der Getränkefrage ja einig. Ich heiße Fred. Eigentlich Manfred, aber das ist uncool."

„Und Du bist lieber cool und stehst auf Chaos?" fragte ich ihn.

„Ich stehe auf Frauen, die mit beiden Beinen im Leben stehen und in deren blauen Augen ich versinken kann", schrieb Fred. „Warum bist Du denn so chaotisch?" wollte er wissen.

„Eigentlich bin ich eher ein Mensch, der sich nicht viele Gedanken macht. Ich plane nichts und bin spontan. Auf manche wirkt das chaotisch."

„Willkommen im Club", schrieb Fred und als ich das nächste Mal auf die Uhr schaute, war es halb fünf morgens.
Jetzt konnte ich gleich wach bleiben. In einer Stunde klingelte der Wecker.

Am nächsten Tag lief ich herum wie ein Zombie. Ich war froh, dass ich die Praxis verlassen konnte, ohne das es Jemanden auffiel, dass ich überhaupt nicht geschlafen hatte.
Ich ging nach Hause, schmierte mir ein Brötchen und schlief auf der Couch ein. In der Nacht wurde ich wach, stellte noch schnell den Wecker und schlief gleich wieder ein.
Als der Wecker am nächsten Morgen klingelte, war ich immer noch total müde.
Ich duschte lange und machte mir einen starken Kaffee. Jetzt ging es mir besser und ich war bereit für einen neuen Arbeitstag. Leider hatte ich völlig vergessen welcher Wochentag war.
Es fiel mir erst auf, als meine Nachbarin, die mit Leo Gassi ging fragte: „Müssen Sie auch am Samstag arbeiten?"
Ich drehte mich um und ging zurück in meine Wohnung. Das Letzte was ich dachte, bevor ich wieder ins Bett ging war: „Ich werde zu alt für durchgemachte Nächte."

Als ich wieder wach wurde war der Vormittag schon fast vorbei. Ich fühlte mich jetzt wieder fit. Ein Blick aus dem Fenster ließ meine Laune deutlich besser werden.

Mit einer Tasse Kaffee machte ich es mir auf dem Balkon in der Sonne gemütlich. Ich beobachtete ein Eichhörnchen, dass sich an der Regenrinne nach unten hangelte, am Boden über den Hof hüpfte und dann auf einen Baum kletterte der zwischen Hof und Biergarten stand. Jetzt war meine Sicht auf den Biergarten etwas eingeschränkt, denn mittlerweile waren die Bäume voller Laub und brachten mir in der Mittagszeit auch etwas Schatten.

Seit meinem Sonnenbrand, nach meinem letzten Treffen mit Martin, war ich etwas vorsichtiger geworden. Mittlerweile war aus dem Sonnenbrand eine schöne Bräune geworden und ich sah aus, als ob ich aus dem Urlaub kommen würde.

Nach dem Kaffee zog ich mir eine Shorts und eine Bluse an und fuhr mit dem Rad in den Grüngürtel. Ich hatte die bunte Wolldecke und den restlichen Kaffee in einer Thermokanne dabei. Auch etwas Obst und eine Flasche Wasser hatte ich mitgenommen.

Am Decksteiner Weiher suchte ich mir ein schönes Plätzchen auf dem Rasen, in der Nähe des Eisverkäufers, der im Sommer hier immer mit seinem VW Bulli stand.

So konnte ich die Leute beobachten. Die Eltern, deren Kinder ihnen keine Chance ließen, ohne ein Eis zu kaufen, spazieren zu gehen. Die Senioren, die mit ihren Hunden durch den Park gingen und die Pärchen die Hand in Hand verliebt an mir vorüberschlenderten.

Ich wurde auf einmal traurig, weil ich so allein auf meiner Decke saß. Ich musste an Andreas und

Martin denken und wieder merkte ich, dass selbst die Sonne und Freizeit allein nur halb so viel Spaß machten.

Ich goss mir einen Kaffee in einen Becher und setzte mich im Schneidersitz auf die Decke.

Ich holte meine Sonnencreme heraus und cremte mich überall ein, wo ich hinreichte.

Plötzlich erschrak ich sehr, als ein bunter Ball über meine Decke rollte.

Gleich hinterher lief ein kleiner Junge und hätte um ein Haar meinen Kaffeebecher umgeworfen.

„Entschuldigen Sie bitte", sagte ein junger Mann der wiederum hinter dem kleinen Jungen herlief.

„Nichts passiert!" rief ich und sah wie der kleine Junge den Ball gerade noch erwischte, bevor er in den See kullern konnte. Der junge Mann wiederum schnappte den Jungen und sah erleichtert aus. Das Kind konnte bestimmt noch nicht schwimmen.

Sie gingen beide wieder zurück auf den Weg. Als sie an meiner Decke vorbeikamen, setzte sich der Junge auf meine Decke und sagte: „Ich habe Durst!" Ich musste lachen und fragte den jungen Mann, ob ich ihm ein Glas Wasser geben durfte.

„Jonas, Du kannst Dich doch nicht einfach auf die Decke setzen!" sagte er und zu mir gewannt: „Aber nur wenn es für Sie o.k. ist."

Ich gab Jonas ein Glas Wasser und der junge Mann sagte grinsend: „Meinem Sohn kann wohl niemand etwas abschlagen. Ich heiße übrigens Torben."

„Ich bin Ina", sagte ich und fragte, ob Torben auch etwas zu trinken haben möchte.

„Nein Danke. Wir wollen nicht weiter stören."

Jonas hatte es sich bereits auf der Decke gemütlich gemacht und wollte jetzt ein Eis. Er war ein süßer kleiner Fratz mit Jeans Shorts und Ringelhemd. Seine blonden Haare leuchteten in der Sonne wie ein kleiner goldener Helm.

„Möchten Sie auch ein Eis?" fragte Torben.

„Aber nur eine Kugel Schokolade", sagte ich und Vater und Sohn gingen Richtung Eiswagen.

Als die Beiden wiederkamen, rutschte ich etwas zur Seite und sie setzten sich neben mich auf die Decke. Jonas ließ mich sein Erdbeereis probieren. Kurz hatte ich das Gefühl, ich sitze dort mit meiner eigenen Familie. Als Tim klein war haben wir auch oft Ausflüge an den Weiher gemacht.

Wir unterhielten uns noch eine ganze Weile. Dann spielte ich mit Jonas Fußball und fühlte mich großartig. Torben sah uns zu und feuerte Jonas an.

Nach einer Weile hatte Jonas auf einmal keine Lust mehr, rieb sich die Augen und meinte: „Ina kommst Du mit zu uns nach Hause? Ich bin müde."

Ich zwinkerte Torben zu und grinste: „Das geht leider nicht Jonas. Ich muss gleich zu mir nach Hause fahren. Ich bin nämlich auch müde."

„Du kannst auch bei uns schlafen", maulte Jonas.

„Ein anderes Mal", sagte ich und gab Jonas seinen Ball.

„Oder wir treffen uns nochmal hier zum Ballspielen."

„Das ist eine gute Idee" sagte Torben und nahm Jonas auf den Arm. „Es war sehr schön Sie kennengelernt zu haben, Ina", sagte er.

„Das finde ich auch", antwortete ich und streichelte Jonas über sein Köpfchen. „Bis bald Jonas und schlaf später schön."

Torben gab mir zum Abschied die Hand und meinte:
„Wir sind öfter am Wochenende hier. Vielleicht sieht
man sich wieder?"
„Wenn ich am Weiher bin, dann immer hier an
dieser Stelle. Ich würde mich freuen", sagte ich.
Dann marschierten die Beiden Richtung Parkplatz
und Jonas winkte mir noch lange zu.

Ich entschloss mich auch wieder nach Hause zu
fahren. Es war schon später Nachmittag und so
langsam bekam ich Hunger.
Ich aß noch einen Apfel, packte meine Sachen
zurück in den Fahrradkorb und fuhr langsam
heimwärts.
Unterwegs kaufte ich mir an einem Imbiss eine
Portion Pommes frites und aß sie gleich dort.
Zuhause angekommen duschte ich ausgiebig und
telefonierte lange mit meiner Mutter.
Sie lud mich für den nächsten Tag zum Kaffee ein
und ich sagte zu. Ich hatte sowieso nichts Anderes
vor. Es waren keine weiteren Dates in Sicht und
nach dem Reinfall mit dem Scheidungsopfer
Michael hatte ich auch keine Lust auf eine
Wiederholung.

Ich ging noch einmal schnell in den Supermarkt und
kaufte ein paar frische Sachen ein. Ich nahm mir
auch eine Flasche Prosecco aus dem Angebot mit
und schleppte alles die Treppe hinauf. Oben
angekommen hörte ich schon im Treppenhaus mein
Handy klingeln.

Ich war zu spät und der Anrufbeantworter zeichnete gerade eine Nachricht auf.

Die Nummer kannte ich nicht und ich hörte die Nachricht ab: „Hi, hier ist Fred. Der Flieger aus dem Internet. Ich hoffe die Lady ist nicht zu chaotisch ins Wochenende gekommen?"

Hatte ich ihm etwa meine Handy Nummer gegeben? Jetzt fiel es mir wieder ein. Er hatte ein paarmal danach gefragt und ich hatte sie ihm irgendwann geschrieben. Wahrscheinlich war ich vor Müdigkeit, nach dem stundenlangen Chat leichtsinnig geworden.
Was sollte ich denn jetzt machen? Zurückrufen? Erst wollte ich noch einmal abwarten und es mir genau überlegen. Ich war noch unentschlossen. Bei unserem Chat war er sehr nett und sympathisch. Aber das war Michael auch gewesen und stellte sich dann als unmöglicher und unfairer Macho heraus.

Ich hatte jetzt Freds Handynummer und schrieb eine Stunde später eine SMS:
„Die Lady hatte bisher einen völlig unchaotischen Tag und so soll es auch bleiben."
Die Antwort kam direkt: „Hast Du Lust mit mir morgen in den Zoo zu gehen? Das Wetter ist doch genial."
Das war eine super Idee. Ich war schon ewig nicht mehr im Zoo. Und das schrieb ich ihm auch zurück.
„Hey cool, dann treffen wir uns um elf Uhr am Eingang? Ich schau mir nochmal Dein Foto an,

damit ich Dich auf keinen Fall verpasse. Ich freue mich riesig", schrieb Fred.
„Ich werde auch noch einmal Dein Foto anschauen und morgen pünktlich dort sein", antwortete ich ihm.

Dann nahm ich mir ein Glas Prosecco und nutzte die letzten Sonnenstrahlen auf dem Balkon. Ich war gespannt was am nächsten Tag auf mich zukommen würde.

Nach dem Frühstück am nächsten Morgen durchkramte ich erst einmal meinen Kleiderschrank. Mein Outfit sollte sexy, aber keine Aufforderung für ein One Night Stand sein. Ich entschied mich für ein ärmelloses Jeanskleid und die passenden Sandaletten.
So fuhr ich dann Richtung Zoo und war etwas zu früh dort.
Ich setzte mich noch eine Weile auf eine Bank, in der Nähe des Eingangs und beobachtete die Leute, die zu den Kassen drängten. Bei diesem Wetter waren sonntags hier schon viele Besucher.
Um elf Uhr stand ich auf und ging Richtung Eingang. Plötzlich sagte eine Stimme neben mir: „Hallo Lady. Ich bin begeistert. Du bist schön und auch noch pünktlich."
Ich drehte mich zu der Stimme um und wurde plötzlich ganz nervös. Fred war wahnsinnig gutaussehend und genau mein Typ.
Groß, dunkle Haare und fast schwarze Augen. Er hatte eine helle Jeans und ein dunkles Hemd an.
Ich war hin und weg, denn er sah noch besser aus als auf dem Foto im Internet.

„Und Du hast Dich auch nicht verflogen! Oder bist Du mit dem Auto da?" fragte ich und grinste.

„Du bist bildhübsch und schlagfertig. Ich glaube das könnte mein Glückstag werden", antwortete Fred und küsste mich auf beide Wangen. Wir gingen langsam zur Kasse, wo sich mittlerweile eine lange Schlange gebildet hatte.
Ich konnte aus dem Augenwinkel sehen, wie Fred mich musterte und ich hoffte, dass ihm gefiel was er sah.

Er kaufte die zwei Tickets. Als ich ihm das Geld wiedergeben wollte meinte er: „Vielleicht kannst Du mich später zu einem Bier einladen. Champagner mögen wir ja Beide nicht."
Ich lachte. Wir gingen eine Weile nebeneinander her zu den verschiedenen Gehegen. Bei den Erdmännchen blieben wir lange stehen und amüsierten uns köstlich über diese lustigen Tiere.

Neben uns stand eine junge Frau mit ihren Kindern. Fred sprach sie an. „Sind das ihre Kinder? Die sind ja genau so hübsch wie ihre Mutter!"
Die junge Frau lächelte und wurde rot.
Ich wusste nicht was ich davon halten sollte. Fred war charmant, aber ich war etwas irritiert.

Wir gingen weiter und Fred legte seinen Arm um mich. Er konnte unheimlich interessant erzählen und ich bekam einen Einblick vom Leben eines Piloten. Es war nicht alles einfach und mit wunderschönen Reisen um den Globus verbunden.

Die meiste Zeit saß er nur im Hotelzimmer oder hatte zu wenig Zeit für Sightseeing.

Trotzdem hatte er schon die ganze Welt gesehen. Er pendelte zwischen Köln und Frankfurt, wo er bei einer großen Fluggesellschaft beschäftigt war. Er konnte sich nicht entscheiden nach Frankfurt zu ziehen. „Isch bin ne eschte kölsche Jung", sagte er im Dialekt und ich verstand ihn gut. Köln war auch meine Traumstadt.

Wir gingen langsam durch die schöne Anlage des Zoos und steuerten auf den Biergarten zu, der zwischen großen Bäumen lag.

Wir setzten uns an einen kleinen freien Tisch. Als die Kellnerin kam, bestellte ich zwei große Bier und Brezeln. Und Fred schaute der Kellnerin die ganze Zeit in den Ausschnitt.

Ich hätte am liebsten gesagt, er solle sie doch fragen, ob er ein Foto vom Dekolletee machen dürfe. Dann konnte er den ganzen Tag darauf glotzen. Ich fand sein Verhalten unmöglich. Irgendwie war der Zauber auf einmal verschwunden und ich musste feststellen, dass Fred jedem Rock hinterher schaute.

Jetzt wusste ich, warum so ein gutaussehender Mann keine Beziehung hatte. Welche Frau mochte es auf Dauer, wenn der Mann ständig anderen Frauen hinterher sah oder in ihrem Beisein flirtete.

Ich trank mein Bier und hörte nur noch mit halben Ohr Freds Erzählungen zu. Die Kellnerin kam nach einer Weile nochmal an unseren Tisch und fragte, ob wir noch etwas bestellen möchten.

„Sie sind nicht nur hübsch sondern auch sehr aufmerksam", sagte Fred zu der Kellnerin und sein Blick wanderte von ihrem Ausschnitt Richtung Po. Die junge Frau schaute mich verunsichert an und ich sagte: „Das sagt er zu jeder Frau. Sie sind heute schon die Dritte." Ich zuckte mit den Achseln.

„Habe ich etwas Falsches gemacht?" kam die verdutzte Frage von Fred.
„Wenn ich Dir das erklären muss, bist Du leider doch nicht so intelligent wie ich gedacht habe!" antwortete ich ihm.
„Sorry, aber ich glaube Du bist doch nicht mein Typ." fügte ich noch hinzu. Dann stand ich auf und ließ einen verwirrten und ungläubig schauenden Fred einfach am Tisch sitzen. Ich bezahlte bei der Kellnerin und ging weiter in Richtung Ausgang.

Wie viele Frösche musste ich noch küssen bis einmal der Richtige dabei sein würde. Ich war wieder einmal frustriert und nahm mir fest vor, das Abonnement der Partnerseite nicht zu verlängern.

Ich schaute auf die Uhr und rief meine Eltern an. Ich wollte auf dem Weg zu Ihnen noch Kuchen kaufen und mich dann gleich auf den Weg machen.

„Du bist aber schon früh da", sagte meine Mutter. „Geh gleich auf die Terrasse, ich habe dort den Tisch gedeckt. Da können wir in der Sonne sitzen." Ich gab ihr das Kuchenpaket, drückte meinen Vater und ging nach draußen.

Ich erzählte meinen Eltern von dem Treffen mit Fred. Meine Mutter gab mir Recht und sagte: „Solche Männer ändern sich nicht. Das ist der Grund warum sie Single sind."
Mein Vater meinte, ich hätte ihm noch eine Chance geben sollen. Aber mein Gefühl sagte mir, dass ich richtig gehandelt hatte.

Meine Eltern hatten in ein paar Wochen Goldene Hochzeit. Wir sprachen eine Weile über die Feier. Meine Eltern hatten uns Töchter und Tim in ein Hotel in der Pfalz eingeladen.
Ich freute mich schon sehr darauf. Das war schon fast wie Urlaub für mich.

Als ich am Abend wieder zuhause ankam, setzte ich mich gleich an mein Laptop und wollte das Abonnement kündigen. Als ich mich auf der Seite einloggte, musste ich aber feststellen, dass ich den Zeitpunkt verpasst hatte. Jetzt musste ich noch einen weiteren Monat Mitglied bleiben.
Außerdem hatte ich wieder unzählige Nachrichten und Seitenaufrufe. Auch Fred hatte mir über das Portal geschrieben: „Wir hatten einen schlechten Start. Kann ich es wieder gut machen?"
Ich hatte keine Lust ihm zu antworten. Ich las stattdessen einige der anderen Nachrichten.
Die meisten löschte ich direkt wieder und die Nachrichten die übrig geblieben waren beantwortete ich auch erstmal nicht.

Ich rief Paul an und fragte nach seinem Vater. Paul war immer noch in bei seinen Eltern in Würzburg.

Er erzählte mir, dass er sich mehr Sorgen um seine Mutter machte. Sein Vater sei sehr schwach, aber er habe sich mit der Diagnose abgefunden und ordnete bereits seine finanziellen und persönlichen Dinge. Seine Mutter kam mit der Situation überhaupt nicht zurecht und hatte angefangen zu trinken.

Er wollte erstmal dort bleiben. Er hatte seinem Chef Bescheid gesagt und gekündigt. Das war kein Problem. Der Chef hatte Verständnis.

Als ich aufgelegt hatte, sah ich, dass ich in der Zwischenzeit einen Anruf in Abwesenheit hatte. Fred hatte versucht mich zu erreichen. Ich ignorierte es und bügelte stattdessen meine Praxiskleidung. Nur noch vier Wochen arbeiten und dann hatte ich wieder Urlaub. An eine Reise war nicht zu denken. Dafür reichten meine Ersparnisse nicht. Ich freute mich trotzdem auf Ausschlafen und Schwimmbadbesuche. Außerdem wollte ich Radtouren unternehmen und mit meiner Schwester die Vorbereitungen für die Goldene Hochzeit planen. Wir hatten meinen Eltern ein Wochenende, in einem Luxushotel in dem Ort gebucht, wo sie sich vor fünfzig Jahren kennengelernt hatten.

Am späten Abend rief Fred nochmal an. Ich hatte immer noch keine Lust mit ihm zu reden und stellte das Handy auf lautlos.

Die darauf folgende Woche wurde sehr stressig. Ich musste nochmal für eine Kollegin einspringen und hatte auch noch eine Fortbildungsveranstaltung.

Als endlich Wochenende war, atmete ich auf. Ich war vollkommen ausgelaugt. Am Samstag ging ich mit meinem schwulen Freund Ralf am Mittag in ein China Restaurant. Am Abend musste er wieder arbeiten. Das war mir ganz Recht, denn ich war einfach nur müde.

Und am Sonntagmorgen wusste ich auch warum. Ich hatte einen Hörsturz. Es rauschte und pfiff in meinen Ohren und ich bekam Angst. Ich rief ein Taxi und fuhr in die Notfallambulanz.
Dort fragte mich der Arzt dann gleich: „Hatten Sie in der letzten Zeit viel Stress oder Kummer?"
Und ich musste zugeben, dass die letzten Wochen mich doch mehr gestresst hatten als es mir bewusst war.
Ich bekam eine Infusion und wurde dann dazu verdonnert, am nächsten Tag zur Weiterbehandlung zu einem HNO-Arzt zu gehen.
Als ich mittags wieder zuhause ankam, legte ich mich wieder hin. Ich rief meine Eltern an und informierte sie über das, was passiert war. Meine Kolleginnen benachrichtigte ich per SMS, dass ich erstmal ausfallen würde.
Da ich mich ausruhen sollte, hatte ich viel Zeit die letzten Wochen Revue passieren zu lassen.

Die Trennung, der Umzug und das Auf und Ab der Gefühle durch Andreas und Martin sowie deprimierenden Treffen mit Michael und Fred hatten mich aus der Bahn geworfen.
Jetzt hatte mein Körper reagiert und mir signalisiert, dass ich so nicht weitermachen konnte.

Der HNO Arzt verordnete mir weitere Infusionen in seiner Praxis und schrieb mich erstmal eine Woche krank.

So langsam ging es mir besser, der Pfeifton in den Ohren wurde leiser und das Rauschen hatte auch nachgelassen. Trotzdem fühlte ich mich schlecht und deprimiert. Meine Eltern gingen für mich einkaufen und versuchten mich aufzuheitern. Tim kochte sogar einmal für mich und sagte: „Ich mache mir Sorgen Mum. Schalte mal einen Gang runter und mach Dir nicht so einen Druck. Such nicht weiter nach einem Mann. Lass Dich finden."

Das war leichter gesagt als getan, es kam bestimmt keiner klingeln, um zu fragen ob ich einen passenden Partner suche. Trotzdem nahm ich mir seinen Rat zu Herzen.

Als erstes meldete ich mich von der Partnerseite ab. Das Abonnement ließ ich verfallen.

Fred rief noch ein paarmal an. Ich schrieb ihm zurück, dass ich krank bin und mich melden würde wenn es mir besser ginge. Ob ich das tun würde wusste ich noch nicht.

In der nächsten Woche ging ich wieder arbeiten. Mein Chef und meine Kolleginnen waren sehr besorgt und ließen mich immer pünktlich nach Hause gehen.

Ich kam so langsam wieder zu mir und gönnte mir einen Musical Abend. Ich kaufte mir ein Ticket für *Tanz der Vampire* und träumte davon, dass mich auch einmal ein Mann so lieben würde, wie sich das Paar dort auf der Bühne.

Ich hatte in der Woche, als ich krank war, meinen Kochkurs nicht besuchen können.
Diese Woche ging ich wieder hin. Es war lustig gemeinsam mit den anderen Frauen zu schnippeln und zu kochen. Tina hatte sich abgemeldet, ihr war der Kurs nicht anspruchsvoll genug.
Ich trauerte ihr nicht nach. Wir anderen verstanden uns super und nach dem Kurs gingen ein paar von uns noch gemeinsam etwas trinken.
Die meisten Frauen waren in der gleichen Situation wie ich. Nur zwei hatten einen festen Partner.
Ich fuhr später gemeinsam mit Ulrike, einer netten Mittfünfzigerin mit der Straßenbahn in die gleiche Richtung. Sie wohnte gar nicht weit von mir entfernt. Wir verabschiedeten uns und freuten uns schon auf die nächste Woche.

Meine letzte Arbeitswoche brach an und es wurde richtig warm. Wir schwitzen in der Praxis und auch den Patienten war es wohl zu heiß. Wir hatten wenig zu tun und konnten uns alle auf den Urlaub freuen.

Nach meinem letzten Arbeitstag fuhr ich in die City um ein Geburtstagsgeschenk für meine Mutter zu kaufen. Sie wurde Anfang Juli siebzig und es sollte deshalb etwas Besonderes sein.
Von meinen Ersparnissen kaufte ich ihr ein paar Ohrringe. Gold mit Rubinen. Das mochte sie gern. Wir hatten einmal darüber gesprochen und ich hatte es mir gemerkt.

Ich setzte mich nach dem Einkauf in ein Straßencafé und bestellte mir einen Eiskaffee.

Es war herrlich zu wissen, dass ich Urlaub hatte und mich in den nächsten drei Wochen um nichts kümmern musste.
An diesem Abend hatte mich Gaby eingeladen. Sie war seit kurzem fest mit Panos zusammen.
Er war bei der Polizei und hatte sich mit ein paar seiner Kollegen im Biergarten in der Altstadt verabredet. Wir Frauen waren auch willkommen.
Deshalb kaufte mir noch ein traumhaftes Sommerkleid, das ich auch zur Feier der Goldenen Hochzeit meiner Eltern tragen wollte.
Heute Abend wollte ich es auch schon anziehen.

Ich fuhr nach Hause, verbrachte einige Zeit im Badezimmer und zog dann das neue Kleid an.
Ich fühlte mich jung und hübsch und freute mich auf den Abend. Unter lauter Polizisten sollte ich gut aufgehoben sein.
Mein Bus hatte Verspätung und so kam ich unpünktlich zu unserem Treffpunkt. Gaby wartete dort allein auf mich. Panos war schon mit seinen Kollegen im Biergarten.
Dort angekommen hörten wir schon lautes Lachen und sahen Panos winken.
An einem langen Tisch saßen einige Männer in unterschiedlichen Alter. Ich ging zu Panos und begrüßte ihn.
Ihm gegenüber war noch ein Platz frei und der Mann, der neben dem freien Platz saß, winkte mir

und meinte: „Ich hab den Stuhl extra für Dich freigehalten". Die anderen Männer lachten und einer rief: „Stefan, Du bist ein Glückspilz!"

Stefan war ein großer Mann mit dunkelblonden Haaren. Ich schätzte ihn auf mein Alter. Er hatte eine sehr nette unkomplizierte Art und wir unterhielten uns bald angeregt.
Er war Kommissar und der Chef der Abteilung, in der auch die anderen Männer arbeiteten.
Er erzählte mir, dass an seinem Beruf seine Ehe gescheitet sei. Die vielen Überstunden und unregelmäßigen Arbeitszeiten und auch die Angst seiner Exfrau, dass ihm etwas passieren könnte, hatten zur Trennung geführt.
Er fragte nach meiner Vergangenheit und ich erzählte ihm, wie es mir in den letzten Jahren ergangen war.
Es kamen noch zwei weitere Frauen zu der Runde dazu. An unserem Tisch wurde es immer lauter.
Stefan fragte mich: „Sollen wir mal eine Runde spazieren gehen? Man versteht ja kaum sein eigenes Wort."
Mir war das sehr recht und wir gingen langsam in Richtung Rheinufer. Es war überall voll.
Auch auf der Promenade konnte man kaum ungehindert spazieren gehen. Die Stadt lief über vor Touristen.
Stefan nahm meine Hand und zog mich Richtung Schokoladenmuseum. Hier war es etwas ruhiger.
„Ich habe Dich schon mal gesehen", sagte er plötzlich. Ich konnte mich nicht an ihn erinnern und fragte deshalb: „Wann soll das gewesen sein?"

„An dem Abend, als Gaby ihren Panos kennengelernt hat, war ich auch in dem Club. Du hast mich aber nicht wahrgenommen. Außerdem bist Du dann bald gegangen."
Jetzt erinnerte ich mich, dass Panos mit einem anderen Mann an der Theke gestanden hatte.
„Als ich gehört habe, dass Du heute auch kommst habe ich mich total gefreut." Stefan lächelte.
„Du hast übrigens ein wunderschönes Kleid an. Es steht Dir super!"
„Vielen Dank für das Kompliment", sagte ich und hakte mich bei ihm ein. Er steuerte auf einen anderen Biergarten zu und fragte: „Darf ich Dich zu etwas einladen? Möchtest Du ein Glas Wein?"

Ich nickte und wir setzten uns an einen Tisch mit Blick auf den Dom. Hier konnte man sich ungestört unterhalten. Der Wein war angenehm kühl und schmeckte herrlich. Irgendwann fragte ich Stefan: „Meinst Du nicht, wir müssten mal wieder zu den Anderen zurückgehen?"
„Ich glaube, die Jungs haben Verständnis wenn ich Dich entführe. Und Gaby hat bestimmt auch nichts dagegen. Die hat sowieso nur Augen für Panos."
Ich lachte und nickte. Recht hatte er.
„Alles klar Herr Kommissar!" sagte ich und lehnte mich zurück.

Die Zeit verging im Flug, wir lachten viel und langsam wurde es kühl. Stefan bezahlte und wir gingen wieder zurück in Richtung des Biergartens, wo die Anderen gesessen hatten. Als wir dort ankamen hatte sich die Gruppe aufgelöst.

Es saß nur noch ein junger Kollege mit einer Blondine am Tisch und knutschte. Hier würden wir nur stören.

Stefan flüsterte mir ins Ohr: „Was möchtest Du noch unternehmen? Hast Du Lust tanzen zu gehen?"

Ich war noch nicht müde und nickte. „Gern. Wie wäre es mit dem Capricorn?"

Das war die Diskothek, in der Stefan mich mit Gaby gesehen hatte.

„Super Idee!" sagte Stefan und wir gingen zum nächsten Taxihalteplatz. Wir setzten uns Beide auf den Rücksitz. Stefan drehte sich zu mir und küsste mich auf einmal in den Nacken.

„Ist das o.k.?" fragte er.

„Kommt die Frage nicht etwas spät?" wollte ich wissen.

„Ruf doch die Polizei" sagte er und grinste. Er nahm meine Hand und ich fühlte mich geborgen.

„Ich glaube bei Dir ist Widerstand zwecklos. Wer will sich schon mit einem Ordnungshüter anlegen?"

Er lachte und drückte meine Hand.

Die Diskothek war wie immer am Wochenende überfüllt. Auf der Tanzfläche drängten sich in der Hauptsache Frauen. Die meisten Männer standen mit ihren Getränken um die Tanzfläche herum und beobachteten die Frauen.

Stefan zog mich auf die Tanzfläche und mir wurde schnell klar, dass er ein wirklich guter Tänzer war. Er bewegte sich wie selbstverständlich zu der Musik.

Wir kamen uns schnell näher und als der DJ einen Blues spielte, drückte er mich fest an sich.

„Das wollte ich beim letzten Mal schon machen. Mit Dir tanzen und Dich spüren. Leider warst Du so schnell weg, dass ich nicht mehr dazu kam."

Er streichelte über meinen Rücken und legte seine Wange an meine. Ich fand Stefan sehr nett und seine Annäherungsversuche waren mir nicht unangenehm. Trotzdem wollte ich mich nicht gleich wieder auf Jemanden einlassen. Das ging mir alles viel zu schnell.

Und ich wollte auch nicht einfach mit einem Mann ins Bett gehen, der mir noch nichts bedeutete.

Wir tanzten noch eine Weile, dann gingen wir an die Theke und tranken ein Glas Wein. Stefan stellte sich hinter mich und ich spürte seine Wärme.

„Ich denke ich werde gleich nach Hause fahren", sagte ich.

„Es ist spät und ich werde langsam müde."

Stefan schaute mir in die Augen und küsste mich leicht auf den Mund.

„Möchtest Du mit zu mir kommen? Du brauchst keine Angst zu haben. Ich mache nichts was Du nicht auch willst."

„Sei mir nicht böse, aber ich möchte eigentlich nur ins Bett. Und zwar in Meins", sagte ich bestimmt und trank den Rest von dem Wein.

„Geht es Dir zu schnell oder bin ich gar nicht Dein Typ? Dann sag es bitte gleich, bevor ich mich noch mehr in Dich verliebe!" Stefan schaute ziemlich unglücklich aus.

„Lass mir einfach etwas Zeit. Ich habe eine komplizierte Zeit hinter mir."
Stefan atmete auf und nickte. Er bezahlte die Rechnung und nahm mich an die Hand. Er brachte mich noch bis zum Taxistand. Um mit dem Bus zu fahren, war ich zu müde. Als ich in das Taxi einstieg sagte Stefan: „Gibst Du mir noch Deine Handynummer?"
Ich nahm sein Handy und speicherte die Nummer für ihn ein. Er lächelte: „Gute Nacht Ira!"

Erst jetzt wurde mir bewusst, dass er meinen richtigen Namen kannte. Gaby hatte sich verplappert.

Ich lag im Bett und konnte lange nicht schlafen. In meinem Kopf liefen die letzten Wochen, wie ein Film in meinem Kopf immer wieder vor und zurück. Irgendwann schlief ich dann ein und hatte einen fürchterlichen Traum. Im Traum versuchte ich vor einem Schatten zu fliehen, den ich nicht erkennen konnte. Ich kam nicht von der Stelle, der Schatten kam aber immer näher. Er packte mich und zerrte mich in einen Raum ohne Fenster.
Irgendwann liefen durch Spalten Wasser in den Raum und ich hatte Angst zu ertrinken. Ich wachte schweißgebadet auf.
Was der Traum bedeutete, wusste ich nur allzu genau. Ich war in einer Sackgasse der Gefühle und fühlte mich bedrängt und eingeengt in meinen Entscheidungen. Ich wusste aber auch, dass ich mir diesen Stress selber machte.

Ich wollte nicht allein sein. Die Angst, dass ich älter wurde, mein 50.Geburtstag kam immer näher, machten mir sehr zu schaffen.

Ich stand auf und zog meinen Bademantel an. So ging ich erstmal auf den Balkon. Ich brauchte frische Luft um einen freien Kopf zu bekommen. So langsam ging es mir besser. Die Vögel zwitscherten und die Sonne schien mir ins Gesicht. Ich ging in das Badezimmer und blickte in den Spiegel. Ich konnte mich wirklich nicht beschweren. Ich wurde regelmäßig viel jünger geschätzt. Ich hatte noch kein einziges graues Haar und meine Figur war auch ansprechend. Ich war gesund und hatte keine größeren Sorgen als die Tatsache, dass ich als Single nicht wirklich viel Geld zur Verfügung hatte. Aber ich konnte gut wirtschaften und hatte sogar etwas auf die hohe Kante gelegt.
Ich ging unter die Dusche und machte mir dann einen Kaffee. Ich setzte mich noch einmal auf den Balkon und schaute in den blauen Himmel.
Mein Handy klingelte. Ich ging ins Wohnzimmer und schaute auf das Display. Die Nummer war mir unbekannt. Ich rechnete aber damit, dass es Stefan war.
Seine tiefe Stimme sagte auch gleich: „Habe ich Dich geweckt?" Ich schaute auf die Uhr. Es war schon fast Mittag.
„Ich bin schon eine Weile wach. Ich weiß gar nicht mehr, wann ich nach Hause gekommen bin."
„Es war schon fast vier Uhr morgens, als ich Dich in das Taxi gesetzt habe." sagte Stefan

„Bist Du auch gut nach Hause gekommen?" wollte ich wissen. Er erzählte mir, dass er noch zu Fuß bis nach Hause gelaufen sei.

„Ich brauchte noch eine Abkühlung. Du hast mir ganz schön eingeheizt. Es tut mir leid, falls ich Dich bedrängt habe."

Ich musste lächeln und antwortete: „Ich bin doch schon groß und erwachsen. Falls mir etwas nicht gefällt, sage ich schon Bescheid."

Es entstand eine kurze Pause und Stefan fragte dann: „Ich würde Dich so gern wiedersehen. Möchtest Du vielleicht heute Abend mit mir essen gehen?"

Ich hatte noch nicht einmal gefrühstückt und richtig Hunger. „Ja gerne. Wo sollen wir uns treffen?" fragte ich.

„Darf ich Dich abholen? Ich würde Dich gern in mein Lieblingsrestaurant entführen. Lass Dich dann überraschen."

Ich war einverstanden und sagte ihm meine Adresse. Als Polizist hätte er sie wahrscheinlich auch so herausfinden können.

Wir verabredeten uns für 19 Uhr und ich legte mich nochmal ins Bett. Nach der kurzen Nacht hatte ich Nachholbedarf.

Als ich nach zwei Stunden vom Wecker aus einem Tiefschlaf geholt wurde sah ich, dass ich eine Nachricht auf mein Handy bekommen hatte: „Zieh Dir etwas Schönes an. Ich will Dich heute Abend chic ausführen. Kuss Stefan."

Ich durchsuchte meinen Kleiderschrank und bekam Stress. Ich hatte nur ein einziges teures Kleid im

Schrank und das hatte ich schon ewig nicht mehr an. Hoffentlich passte es überhaupt noch.
Die Angst war unbegründet. Das kleine Schwarze passte besser denn je. Ich hatte abgenommen, ohne das ich es gemerkt hatte. Das Kleid hatte ich zuletzt zu einer Geburtstagsfeier getragen und das war schon zwei Jahre her.
Ich zog schwarze Pumps dazu an und wählte einen Schal in Pastelltönen, falls es später wieder kühl werden sollte.
Stefan klingelte pünktlich an der Tür und ich war gespannt was auf mich zukam. Als ich die Haustür öffnete, stand Stefan in einem schwarzen Anzug und Krawatte vor seinem Auto. Ich war ganz beeindruckt, als er mir die Autotür von einem Sportwagen öffnete und mich einsteigen ließ.
Auf dem Rücksitz lag ein Strauß roter Rosen, den er mir mit den Worten gab: „Danke das es Dich gibt und Du meine Einladung angenommen hast."

Ich wusste gar nicht wie mir geschah und konnte nur sagen. „Ich bringe die Rosen schnell in die Wohnung. Es wäre so schade wenn sie kaputt gehen würden."
Ich brachte den Strauß nach oben und stellte ihn schnell in eine Vase. Als ich wieder in das Auto stieg sagte Stefan: „Du siehst toll aus. Ich weiß gar nicht was ich sagen soll."
Er küsste mich und ließ dann den Motor an. „Ich hoffe ich treffe Deinen Geschmack mit dem Restaurant", sagte Stefan und wir fuhren los.
Ich schaute ihn von der Seite an und mir gefiel was ich sah. Stefan hatte ein schönes markantes Profil

und war sehr männlich. Er hatte breite Schultern und kräftige Hände.

Er hatte bemerkt, dass ich ihn beobachtete und lächelte. Wir schwiegen eine Weile und irgendwann hatte ich die Orientierung verloren.

Wir hatten Köln verlassen und fuhren Richtung Düsseldorf. „Du entführst mich doch nicht etwa in die verbotene Stadt?" fragte ich. Die Feindschaft zwischen Köln und Düsseldorf ließ sich nicht leugnen.

Stefan lachte und sagte: „Sei nicht so neugierig!"

Nach etwa zwanzig Kilometern verließ Stefan auf einmal die Autobahn und wir fuhren noch eine Zeitlang durch kleine Dörfer und hügelige Landschaften.

Dann hielt er plötzlich vor einem Tor, das zu einem Anwesen gehörte, welches man nur in der Ferne erahnen konnte.

Er steuerte das Auto durch das Tor über eine kleine Zufahrt in Richtung des Gebäudes. „Wir sind da!" sagte Stefan und schaltete den Motor aus.

Als er mir die Autotür aufhielt, stieg ich aus. Jetzt konnte ich ein wunderschönes kleines Wasserschloss erkennen.

Wir gingen über einen Schotterweg über eine kleine Brücke in den Innenhof des Anwesens. Stefan war wohl schon einmal hier, denn er kannte den Weg ins Innere des Gebäudes und dann auch in das Restaurant.

Hier war alles vom Feinsten. Die Tische waren edel eingedeckt und die Gläser funkelten im Kerzenlicht.

Ein Kellner kam auf uns zu und begrüßte Stefan. Man kannte sich. Er führte uns an einen Tisch. Stefan rückte mir den Stuhl zurecht und ich kam mir vor wie eine Prinzessin. Das hatte ich wirklich nicht erwartet.

Der Kellner reichte uns die Speisekarten, las aber auch noch die Tagesempfehlungen von einer Tafel ab.

Ich war überfordert. In so einem noblen Restaurant hatte ich noch nie gegessen und ich schaute etwas hilflos.

„Darf ich etwas für uns aussuchen?" fragte Stefan und nahm meine Hand. „Ich möchte Dich heute verwöhnen."

Er bestellte erst eine Flasche Wein und dann unsere Speisen. Der Kellner zog sich dezent zurück.

„Ira, mich hat es total erwischt" sagte Stefan plötzlich und schaute mir direkt in die Augen.

„Schon an dem ersten Abend in der Diskothek war ich fasziniert von Dir. Ich habe immer gehofft, dass wir uns noch einmal wiedersehen werden."

Ich war überwältigt von der Situation. So hatte mich noch niemand verwöhnt und ich konnte nur antworten: „Was machst Du mit mir? Ich bin gerade im 7.Himmel und überfordert von diesem Abend. Es ist wie im Traum!"

Der Kellner kam mit dem Wein, stellte noch eine Flasche Wasser in einen Eiskühler und entfernte sich wieder.

Stefan prostete mir zu und ich genoss den Wein und seine Aufmerksamkeiten. Endlich konnte ich mich entspannen.

Das Essen war köstlich und ganz nach meinem Geschmack. Wir unterhielten uns, tranken den Wein und als der Koch an unseren Tisch kam, lobte Stefan die Speisen. Ich konnte mich nur anschließen.

Stefan goss mir noch ein Glas Wein ein. Er selbst trank nur noch Wasser, weil er noch fahren musste. Nach dem Dessert nahm er meine Hand und fragte mich: „Hat es Dir gefallen?" Ich war ganz hin und weg und konnte nur nicken: „Es war ein traumhaft schöner Abend. Ich danke Dir."

Auf der Rückfahrt schwiegen wir Beide. Kurz bevor wir in die Straße abbogen, in der ich wohnte, sagte Stefan: "Glaubst Du an die Liebe auf den ersten Blick?"

Bei meinem geschiedenen Mann war es so gewesen. Ich war mir nach dem ersten Abend sicher.

Unsere Ehe war leider nach 16 Jahren gescheitert. Mein Ex Mann wollte es jedem Recht machen und konnte keine Konflikte lösen konnte. Leider blieb ich dabei auf der Strecke. Seine Probleme versuchte er immer öfter mit Alkohol zu verdrängen.

Als ich es merkte, war es schon zu spät. Wir hatten Beide keine Kraft mehr zu kämpfen.

Diesen Gedanken hatte ich als ich Stefan antwortete:

„Ich glaube schon daran." antwortete ich.

„Manchmal reicht vielleicht auch der zweite Blick."

„Ich verstehe!" seufzte Stefan. Er hielt vor meinem Haus und küsste mich leidenschaftlich.
„Vielleicht solltest Du genauer hinschauen. Ich bin da!" sagte er.
Ich nickte und öffnete die Autotür. „Gute Nacht Stefan und vielen Dank. Diesen Abend werde ich nicht vergessen."
Dann fuhr er los und ich blickte den Rücklichtern hinterher.

In der Wohnung angekommen, zog ich das Kleid aus und hing es wieder in der Schrank. Ich ging ins Badezimmer und duschte heiß. Dann setzte ich mich noch einmal ins Wohnzimmer und schaute mir den Rosenstrauß an. Was wollte ich denn noch mehr? Dieser Mann hatte mir den schönsten Abend seit langer Zeit bereitet. Und er war in mich verliebt. Das war nicht zu übersehen.
Als ich ins Schlafzimmer gehen wollte, kam noch eine Nachricht von Stefan.
„Ich würde Dir die Sterne vom Himmel holen wenn Du mich lässt!"
Ich wollte aber keine Sterne. Ich wollte das Gefühl, dass ich alles um mich herum vergessen konnte und das hatte ich nicht. Nicht an diesem Abend.

Am Sonntag schlief ich lange. Tim wollte mich am Nachmittag abholen und wir wollten eine Radtour machen. Seine Freundin war zu einem Geburtstag einer Kollegin eingeladen und ich freute mich, dass Tim einmal etwas allein mit mir unternehmen wollte.

Ich war gerade im Badezimmer fertig, als es klingelte. Ich öffnete die Tür und Tim kam die Treppe hinauf. Er machte ein Gesicht als ob die Welt untergegangen ist. Ich ahnte, dass etwas passiert sein musste.

„Komm erstmal rein und wir trinken einen Kaffee zusammen", sagte ich und er setzte sich an den Tisch. Ich kam mit zwei Kaffeebechern ins Esszimmer zurück und fragte: „Was ist los? Irgendetwas ist doch passiert?"

Er nahm einen Schluck Kaffee und sagte: „Ach Mum, Silke und ich haben uns getrennt. Schon letzte Woche. Deswegen ist sie heute auch allein zu der Geburtstagsfeier gegangen. Sie wird nächste Woche ausziehen."

Ich hatte mir schon so etwas gedacht. „Was ist denn der Grund. Möchtest Du darüber reden?"

Tim trank nochmal einen Schluck Kaffee, stand auf und ging ans Fenster. Er schaute hinaus und sagte dann: „Silke sieht mich als ihr Eigentum an. Sie klammert und kontrolliert mich ständig. Sie telefoniert mir hinterher und lässt mir keine Luft zum Atmen. Ich hatte schon öfter Streit mit ihr wegen ihrer Eifersucht. Jetzt reicht es mir."

Das hatte ich nicht gewusst. Mir war schon aufgefallen, dass sie Tim oft anrief. Auch wenn er bei mir war. Aber das es so schlimm war, hatte ich nicht geahnt.

„Das tut mir sehr leid. Aber was passiert denn mit eurer Wohnung? Kannst Du sie denn allein finanzieren?"

„Darüber wollte ich heute auch mit Dir sprechen. Von meinem Bafög und den Nebenjobs kann ich die Wohnung nicht halten. Silke zieht zuerst zu einer Freundin. Ich dachte, dass ich vielleicht erstmal hier bei Dir einziehen kann?"

Ich überlegte kurz und sagte dann: „Na klar, Du bekommst mein Schlafzimmer und ich schiebe mein Bett ins Gästezimmer. Das ist groß genug."

„Das wäre richtig super wenn das klappt!" atmete Tim auf. „Wir hätten auch schon einen Nachmieter für unsere Wohnung. Wir könnten Sie fast nahtlos übergeben und würden Geld sparen."

Ich nahm Tim in den Arm und drückte ihn. „Dann wird das hier eine Mutter-Sohn-WG. Jetzt können wir uns gegenseitig bedauern, dass wir Singles sind." Ich grinste und Tim musste auch lachen. „Das kriegen wir schon hin", sagte ich und er nickte. „Und jetzt machen wir unsere Radtour. Bewegung und frische Luft haben schon immer gegen traurige Gedanken geholfen", sagte ich und stand auf.

Wir fuhren an den Rhein und von dort aus Richtung Bonn. Hier gab es einen durchgehenden Radweg. Die Sonne schien vom Himmel und mir wurde langsam warm. Tim radelte immer vorweg. Ich hatte Mühe mich seinem Tempo anzupassen. Hinter Wesseling rief ich Tim zu, dass ich mal eine Pause brauchte. Er hielt an und fuhr das Stück zurück bis zu der Bank, auf der ich mich schon niedergelassen hatte.

Ich nahm die Flasche Wasser, die ich mitgenommen hatte aus dem Fahrradkorb und drückte sie danach Tim in die Hand. „Möchtest Du etwas für die Nerven?" fragte ich.

Tim schaute fragend. Ich holte eine Packung Schokoladenkekse aus meiner Tasche. Er grinste und nahm sich eine Handvoll Kekse.

Wir saßen eine Zeitlang schweigend in der Sonne, futterten Kekse und schauten den Leuten zu, die an uns vorbeifuhren.

„Ich habe den Eindruck, dass Du ziemlich gefasst bist. Wie lange hattest Du schon vor die Beziehung zu beenden?" fragte ich Tim.

„Eigentlich schon seit Anfang des Jahres. Da hatten wir unseren ersten schlimmen Streit. Silke hat mir vorgeworfen, ich würde mit einer ihrer Freundinnen flirten und dann ist es eskaliert. Das war der Anfang vom Ende."

Ich verstand ihn sehr gut. Das hatte Paul am Anfang unserer Beziehung auch gemacht. Er war damals sehr eifersüchtig auf meinen Ex Mann. Er dachte, ich würde wieder zu ihm zurückgehen und wir hatten deswegen oft Streit. Später hatte sich das dann gelegt. Aber ich hatte damals auch des Öfteren an eine Trennung gedacht.

„Ich bin jetzt eigentlich froh, dass ich diesen Schritt getan habe. Es ist wie eine Befreiung. Auch wenn es ein wenig weh tut." Tim nahm sich noch einen Keks und meinte dann: „Jetzt aber rauf aufs Rad und weiter geht's. Sonst kommen wir nie an!"

Als wir in Bonn ankamen war ich völlig erschöpft. Der wenige Schlaf machte sich bemerkbar. Trotzdem fühlte ich mich gut. Wir setzen uns in einen Biergarten in den Rheinauen. Das Bier schmeckte herrlich nach der Anstrengung.

„Ich bin stolz auf Dich Mum. Das sind heute 70 Kilometer hin und zurück. Hast Dich gut geschlagen für einen Oldie."

„Jetzt werde mal nicht frech!" Ich lachte und war selber stolz auf mich. Darauf bestellte ich noch zwei Kölsch.

Tim fragte mich nach meinen Internetaktivitäten und ob ich jemanden kennengelernt hätte.

Ich erzählte ihm, dass ich mich auf der Partnerseite abgemeldet hatte, nachdem ich dort nur negative Erfahrungen gemacht hatte. Und dann erzählte ich von Stefan und dem gestrigen Abend.

„Eine Bulle mit guten Manieren und Sinn für gutes Essen? Ist doch nicht schlecht, oder?"

Tim konnte manchmal sehr pragmatisch sein.

„Mal sehen wie es weitergeht. Er ist nett und ich könnte mir vorstellen ihn wiederzusehen. Mehr aber erstmal nicht."

Da fiel mir auf, dass Stefan sich noch nicht gemeldet hatte. Ich schaute, ob er mir eine Nachricht geschrieben hatte, aber es war nichts angekommen.

Wir tranken unser Bier in Ruhe aus und machten uns dann auf den Rückweg. Tim fuhr noch weiter zu einem Freund und ich bog in Richtung meiner Wohnung ab. Wir winkten uns noch zu und ich rief:

„Halte mich mal auf dem Laufenden!" Tim nickte und weg war er.

Zuhause schleppte ich mich die Treppe zur Wohnung hoch und fiel auf meine Couch.

Ich ging dann unter die Dusche und anschießend machte ich mir Spaghetti mit Tomatensauce.

Mit dem Teller und einem Glas Apfelschorle setzte ich mich auf den Balkon.

Stefan hatte sich immer noch nicht gemeldet. Vielleicht war er beleidigt oder er wollte mich zappeln lassen. Mir war es egal. Ich fühlte mich müde aber glücklich und freute mich, dass Tim demnächst zu mir ziehen würde.

Da ich Urlaub hatte, fing ich am nächsten Tag schon einmal an meine Möbel zu rücken. Der Raum, der mein Schlafzimmer war, war mir sowieso zu groß. Ich schaffte mit Tims Hilfe mein Bett in das Gästezimmer.

Der große Kleiderschrank sollte im ehemaligen Schlafzimmer bleiben. Ich machte eine Seite frei für Tims Kleidung. Mehr wollte er nicht. Ich kaufte im Internet noch eine Kommode für mein zukünftiges Schlafzimmer und tapezierte eine Wand mit einer schönen Blütentapete.

So ging die erste Urlaubswoche fast zu Ende und ich hatte immer noch nichts von Stefan gehört.

Ich telefonierte mit Gaby um zu erfahren, ob sie etwas wusste. Sie erzählte mir, dass Panos ihr gesagt hatte, Stefan hätte die ganze Woche schlechte Laune gehabt. Er hätte aber nicht gesagt was mit ihm los ist.

„Ruf ihn doch mal an!" forderte Gaby mich auf. „Er wartet bestimmt darauf."

Ich nahm mir vor, am nächsten Tag bei Stefan anzurufen. Warum sollte ich nicht mal den Anfang machen. Der Abend mit ihm war schön und ich wollte wissen warum er sich nicht mehr gemeldet hatte.
Aber er kam mir zuvor. Als ich am Freitagmorgen die letzten Tapetenreste in einen Müllsack stopfte, klingelte mein Handy.
Ich ging mit kleisterverklebten Händen an das Telefon und sagte ohne auf die Nummer zu schauen: „Wer stört?"
„Genau das wollte ich eigentlich nicht machen!" hörte ich Stefans Stimme. Ich ärgerte mich über meine unbedachte Bemerkung.
„Hi Stefan, sorry ich sage manchmal so einen Quatsch. Natürlich störst Du nicht. Ich freue mich sehr, dass Du Dich meldest."
„Ich hatte gehofft, dass Du mich anrufst. Ich wollte Dich nicht bedrängen und Dir den Vortritt lassen." kam seine Antwort.
Das war es also gewesen. Ich hatte ihm ja gesagt, dass ich Zeit brauche. Die hatte er mir gegeben.

„Es ist letztes Wochenende etwas Unerwartetes passiert. Ich habe meine Wohnung umgestalten müssen", sagte ich erklärend.
„Bist Du nicht erst vor kurzem eingezogen? Und musst schon wieder renovieren?"
„Nicht renovieren, umgestalten!" berichtigte ich.

„Ich erkläre Dir das gerne. Hast Du Lust auf ein Treffen?"
Kurze Stille und dann sagte Stefan: „Darauf habe ich die ganze Woche gewartet. Natürlich habe ich Lust Dich zu sehen!" Ich hörte wie Stefan atmete. Er war ganz aufgeregt.
„Hast Du Lust auf Fußball? Heute Abend spielt der FC und ich habe Karten!" bot mir Stefan an.
Ich hatte ihm erzählt, dass ich Fußball liebe und ein großer Fan der Kölner Mannschaft bin.
„Da fragst Du noch? Das ist der Hammer. Ich komme auf jeden Fall mit." Ich freute mich sehr.

Wir verabredeten uns am Rudolfplatz und wollten dann gemeinsam mit der Straßenbahn zum Stadion fahren.
An der Haltestelle standen schon viele Menschen mit Schals und anderen Fanartikeln. Es war ein großes Gedränge. Stefan stand wie verabredet an einem kleinen Kiosk, direkt gegenüber der Haltestelle. Neben ihm standen zwei Polizisten in Uniform und sie unterhielten sich.
Stefan sah mich und winkte mich zu sich. Er stellte mich seinen Kollegen vor und sagte:
„Heute ist das Derby gegen Leverkusen. Er werden Ausschreitungen erwartet. Meine Kollegen sind informiert worden." Ich machte ein ängstliches Gesicht und Stefan nahm mich in den Arm: „Keine Sorge, ich passe auf Dich auf. Du musst heute nur für den FC die Daumen drücken!"

Stefan verabschiedete sich noch von seinen Kollegen und dann gingen wir auch zur Haltestelle.

„Schön Dich zu sehen. Du siehst so süß aus mit Deinem Schal und dem Fan Cap."

„Ich freue mich auch Dich zu sehen!" antwortete ich. Stefan hatte eine schwarze Jeans und ein Trikot vom FC an. Er sah gut aus in seiner legeren Kleidung.

Mir war schon warm mit dem Schal und ich bereute ihn mitgenommen zu haben.

Ich hatte mich heute für die Kölner Farben entschieden und eine weiße Jeans und ein rotes Shirt angezogen. Mehr Fan ging nicht.

Die Straßenbahn kam und wir quetschten uns mit den Anderen hinein. Ich konnte mich nur an Stefan festhalten, damit ich nicht umfiel. Er schaute mir in die Augen und sagte: „Straßenbahnfahrten haben auch seine Vorteile." Er grinste.

Es wurde immer voller je mehr Haltestellen wir anfuhren. Ich wurde mittlerweile fest an Stefan gepresst. „So langsam wird mir heiß", sagte er. „Und ich meine nicht die Temperaturen hier in der Bahn."

Als ich aus dem Fenster schaute, sah ich viele Mannschaftswagen der Polizei und auch einige Polizisten auf Pferden. Irgendwie wurde mir mulmig. Stefan hatte meinen Blick gesehen und sagte: „Wenn Du Angst hast, dann müssen wir nicht ins Stadion gehen."

„Mit Dir zusammen habe ich keine Angst. Ich habe doch meinen persönlichen Bodyguard dabei", antwortete ich.

Stefan schmunzelte und sagte: „Singen wie Whitney Houston kannst Du aber leider nicht, oder?"

Er spielte auf den Film mit Kevin Costner an und ich lachte laut.

„Ich singe alle Säle leer", sagte ich. Selbst mein Sohn hat als Baby das Gesicht verzogen, wenn ich ihm Schlaflieder vorgesungen habe. Der ist freiwillig schnell eingeschlafen."

Wie lachten Beide und ich fühlte mich trotz der Enge und der vielen Menschen plötzlich sehr wohl und gut aufgehoben.

„Du bist eine tolle Frau Tina!" sagte Stefan.

„Tina?" fragte ich verwundert. „Oh, sorry. Das ist der Name meiner Frau. Das sollte nicht passieren."

Stefan machte ein schuldbewusstes Gesicht.

„Wir sind früher oft zusammen zum Fußball gegangen."

Ich war nicht schnell beleidigt. So etwas konnte passieren. Aber mir fiel ein, dass er an dem Abend in dem Nobelrestaurant, auch einmal Tina zu mir gesagt hatte. Ich dachte damals ich hätte mich verhört, Tina und Ira hörten sich ja ähnlich an.

„Wie lange seid ihr geschieden?" fragte ich. „Wir sind noch nicht geschieden, wir leben seit einem halben Jahr getrennt." antwortete Stefan.

Das hatte ich anders verstanden. Es änderte erstmal nichts, aber ich hatte den Eindruck, dass Stefan noch nicht über die Trennung hinweg war. Er wollte auch nicht mehr darüber sprechen.

„Lassen wir dieses Thema", sagte er hastig und küsste mich auf die Nasenspitze.

Am Stadion angekommen wurden wir hinausgeschoben und hatten uns kurz aus den

Augen verloren. Ich schaute mich um und sah Stefan ein paar Meter weiter entfernt stehen und winken.
Wir gingen mit der Menschenmenge Richtung Stadion Haupttor und mussten uns zuerst kontrollieren lassen und die Eintrittskarten vorzeigen.
Dann gingen wir an einen Bierstand und Stefan holte uns zwei Kölsch. Wir prosteten uns zu und ich sagte: „Auf den FC!" und Stefan antwortete: „Und auf uns!"

Es wurde ein spannendes Spiel und die Mannschaften trennten sich unentschieden. Es kam auch zu keinen Ausschreitungen. Die Polizei hatte die Hooligans rechtzeitig getrennt und alles im Griff.

Wir waren auf dem Rückweg als Stefan mich fragte: „Ich könnte uns noch etwas kochen. Hast Du Hunger und Lust mit zu mir zu kommen. Ich wohne in der Nähe vom Aachener Weiher. Das liegt auf dem Weg."
Ich überlegte kurz und sagte dann: „Warum nicht? Ich bin gespannt auf Deine Kochkünste!"
Wir stiegen nach kurzer Zeit wieder aus der Straßenbahn und gingen ein paar Minuten als Stefan sagte: „Wir sind da!"
Wir standen vor einem modernen Haus, das sicherlich erst vor kurzem erbaut worden war. Es bestand aus viel Glas und sah nach unerschwinglichen Mieten aus.

„Wir sind erst vor knapp zwei Jahren hier eingezogen." sagte Stefan, als ob er meine Gedanken lesen konnte.
Er öffnete die Haustür und wir fuhren mit dem Aufzug in die 6.Etage. Die Wohnung war ein Traum. Es gab helle großzügige Zimmer und einen riesengroßen Balkon. Die Küche war gefühlt so groß wie meine ganze Wohnung. Ich war beeindruckt. Stefan stand auf Luxus. Diese Wohnung, der Sportwagen und seine Vorliebe für teure Restaurants, ließen das erahnen.

Er zog mich auf den Balkon und sagte: „Setz Dich etwas in die Sonne. Ich hole Dir was zu trinken und dann koche ich uns was Schönes."
Ich setzte mich in einen Korbsessel und genoss es so verwöhnt zu werden. Stefan kam nach kurzer Zeit mit zwei Gläsern Prosecco auf den Balkon und setzte sich zu mir. „Auf einen schönen Abend. Du bist die erste Frau, die ich nach der Trennung in diese Wohnung gelassen habe."
„Das nehme ich mal als Kompliment." antwortete ich und wir prosteten uns zu.
„Kann ich Dir in der Küche helfen?" fragte ich.
„Wenn Du möchtest könntest Du etwas Gemüse schnippeln. Magst Du eigentlich Fisch?" fragte Stefan.
„Ich mag alles", sagte ich. „Ich bin da völlig unkompliziert." Er nickte froh und sagte: „Meine Frau mag auch alles. Das ist ein Segen für jeden Koch."

Schon wieder die Erwähnung seiner Frau. Ich verwarf aber gleich wieder den Gedanken, weil Stefan mich in die Küche zog.

Er gab mir ein Schneidebrett und holte Zucchini, Paprika und Auberginen aus dem Kühlschrank.

„Ich mache eine Gemüsepfanne mit gratiniertem Wolfsbarsch. Das ist leicht und passt zu diesem warmen Wetter."

„Hört sich gut an", antwortete ich und begann das Gemüse in möglichst gleichmäßige Stücke zu zerschneiden.

Stefan holte einen Wok aus dem Schrank und fing an, das von mir geschnittene Gemüse anzubraten.

Nach kurzer Zeit roch es köstlich und ich merkte wieviel Hunger ich hatte.

Stefan bereitete den Fisch zu und gratinierte ihn kurz im Backofen. Dann war alles fertig und wir verteilten die Speisen auf zwei Teller.

Wir nahmen unsere Gläser und die Teller mit auf den Balkon und ließen es uns schmecken. Es war richtig lecker. Stefan hatte nicht zu viel versprochen.

Wir saßen noch eine Weile auf dem Balkon und sprachen nicht viel. Die Sonne ging gerade hinter den Häusern unter und es wurde angenehm kühl.

Ein leichter Wind kam auf und ich fühlte mich seit langer Zeit wieder einmal vollkommen entspannt.

Stefan rückte seinen Stuhl näher zu mir und streichelte meinen Arm. „Geht es Dir gut?" wollte er wissen.

„Könnte nicht besser sein", sagte ich und lächelte. „Ich bin absolut zufrieden nach dem leckeren Essen und dieser Aussicht hier vom Balkon!"

Stefan holte uns noch etwas zu trinken. Wir blieben noch eine Stunde draußen sitzen. Als es kühler wurde, wechselten wir ins Wohnzimmer und Stefan ging an seine Musikanlage. Er wählte Musik zum kuscheln. Das hatte ich auch so erwartet. Wir setzten uns auf die Couch und lauschten der Musik, als Stefan mich plötzlich leidenschaftlich küsste. Ich ließ es geschehen und genoss den Augenblick. Ich überlegte nicht mehr, sondern gab mich der Situation hin. Ich blieb auch über Nacht und hatte kein schlechtes Gewissen. Ich war schließlich Single.

Am nächsten Morgen wurde ich vom Kaffeeduft wach. Ich blickte mich irritiert um. So langsam fiel mir wieder ein wo ich war. Ich schaute mich im Schlafzimmer um und auf einmal wusste ich, warum Stefan so auf mich stand. Überall im Zimmer waren Fotos von Tina, seiner Noch-Frau, zu sehen. Allein oder zusammen mit Stefan. Und sie sah aus wie meine Zwillingsschwester. Sie schien nur etwas größer als ich zu sein. Mir wurde schlecht. Ich kam mir auf einmal vor wie ein Ersatzspieler in der Bundesliga. Eingewechselt weil der Stammspieler nicht zur Verfügung stand. Stefan war noch lange nicht über die Trennung hinweg. Falls er es jemals sein würde. Ich musste damit rechnen, dass er mich auch weiterhin mit Tina ansprach. Ich stand auf, suchte meine Sachen zusammen und zog mich an.

Ich atmete kurz durch und ging in die Küche, wo Stefan gerade Frühstück machte.

„Guten Morgen Schatz. Diese Nacht werde ich so schnell nicht vergessen. Du bist der Wahnsinn!" sagte er.

Ich sagte nichts, sondern nahm nur den Kaffee den er mir reichte und ging in Richtung Balkon.

„Alles o.k. bei Dir oder bist Du nur ein Morgenmuffel? Meine Frau braucht morgens auch immer ewig bis sie ansprechbar ist." rief Stefan mir nach.

Da platzte mir der Kragen und ich stellte die Kaffeetasse mit Wucht auf den Balkontisch.

„Stefan, sprech nochmal mit Deiner Frau. Vielleicht solltet ihr es nochmal miteinander versuchen. Du erwähnst sie in jedem dritten Satz. Du liebst sie doch noch und ich bin nur ein Ersatz, der ihr auch noch verdammt ähnlich sieht. Das hättest Du mir sagen müssen. Ich bin ziemlich enttäuscht."

Er drehte sich zu mir um und ich wusste, dass ich den Nagel auf den Kopf getroffen hatte.

„Ich fahre jetzt nach Hause." sagte ich weiter und holte meine Tasche aus dem Wohnzimmer.

„Ich wünsche Dir viel Glück", konnte ich noch sagen. Danach schnürte sich meine Kehle zu und ich versuchte nicht zu weinen.

Ich ging schnell zur Tür. Stefan rief: „Ich weiß auch nicht wie es weitergehen soll. Ich mag Dich wirklich sehr. Ich bin in einer Zwickmühle der Gefühle."

Ich schaffte es gerade noch ins Treppenhaus, bevor mir die Tränen das Gesicht hinunter liefen.
Im Fahrstuhl schaute ich in den Spiegel, der sich dort auf einer ganzen Seite befand. Ich holte ein Papiertaschentuch aus meiner Tasche und versuchte die Spuren zu beseitigen.
Ich war noch ungeschminkt. Ich fühlte mich schlecht und wollte so schnell wie möglich nach Hause.
Da bekam ich eine Nachricht auf mein Handy: „Komm doch wieder hoch. Ich möchte noch einmal mit Dir reden."
Ich schaltete das Handy aus, ging in Richtung Haltestelle und hatte keine Augen mehr für den blauen Himmel, die Sonne und die Menschen die mir gutgelaunt zulächelten.

Auf der Fahrt nach Hause beruhigte ich mich langsam. Was war denn nur los mit mir, dass ich immer den Falschen erwischte. Oder gab es nur noch beziehungsgestörte Männer in meinem Alter? Meine Stimmung schwankte zwischen Trauer und Wut.
Ich hatte keine Probleme Jemanden kennen zu lernen. Aber mein Händchen in der Auswahl war alles andere als glücklich.

Als ich in meiner Wohnung ankam hatte ich mich wieder gefangen. Ich ging direkt in mein neu gestaltetes Schlafzimmer, das immer noch nach Tapetenkleister roch.
Ich legte mich auf mein Bett und schlief erschöpft ein. Ich wollte nichts mehr hören und sehen.

Ich verschlief fast den ganzen Sonntag. Als ich wach wurde, war es fast schon wieder Abend.
Ich schaute aus dem Fenster und konnte sehen, dass sich ein Gewitter anbahnte. Es war in der Ferne schon ein Grollen zu hören. Das passte zu meiner Stimmung.
Ich hatte Hunger und mir fiel ein, dass ich heute noch nichts gegessen hatte. Ich war ja schon vor dem Frühstück aus Stefans Wohnung geflohen.
Ich stöberte im Kühlschrank und fand noch ein Stück Lasagne, die ich am Donnerstag gemacht hatte. Ich stellte sie in die Mikrowelle und wartete zwei Minuten bis sie fertig war. Ich nahm mir ein Glas Wein und setzte mich ins Wohnzimmer.
Ich schaute auf mein Handy und sah, dass Stefan mehrmals versucht hatte mich anzurufen.
Eine Nachricht hatte er aber nicht hinterlassen.
Ich aß meine Lasagne und setzte mich dann mit dem Wein vor den Fernseher. Es lief eine Komödie und die brachte mich auf anderen Gedanken. Ich musste ein paar Mal laut lachen und so langsam ging es mir besser.
Das Handy klingelte wieder. Diesmal ging ich dran.

„Endlich erreiche ich Dich. Ich habe mir schon Sorgen gemacht!" sagte Stefan am anderen Ende.
„Es ist alles in Ordnung. Ich habe den Tag verschlafen und schaue jetzt etwas Fernsehen", sagte ich so entspannt wie möglich.
„Ich muss Dir das erklären!" sagte Stefan und redete gleich weiter bevor ich ihn unterbrechen konnte.

„Meine Frau hat mich verlassen, weil mein Job uns an die Grenze gebracht hat. Ich kann das immer noch nicht akzeptieren. Du hast Recht, ich liebe sie noch. Aber Dich auch. Du gehst mir nicht aus dem Kopf!"

„Stefan, meinst Du nicht, dass Du Dich entscheiden musst. Was erwartest Du von mir? Ich weiß, dass Du Deine Frau liebst. Und worauf soll ich jetzt warten? Ob Deine Frau zurückkommt? Das ist kein Wettkampf und Du bist der Preis. Ich möchte das nicht!"

Es war eine ganze Weile still am anderen Ende der Leitung. Ich wollte schon auflegen, da sagte Stefan: „Du hast Recht, das wäre unfair Dir gegenüber. Ich wollte so sehr, dass es mit uns klappt. Aber ich kann Dich verstehen."

„Rede nochmal mit Deiner Frau. Vielleicht gibt es noch eine Möglichkeit für Euch. Ich glaube, dass es noch nicht zu spät ist. Sie hat doch die Scheidung noch nicht eingereicht. Ich sehe das als gutes Zeichen."

„Vielleicht sollte ich das wirklich tun", antwortete Stefan. „Darf ich Dich trotzdem weiterhin anrufen. Ich möchte Dich nicht verlieren."

Ich dachte an Martin und daran, dass es mit einer Freundschaft zwischen Mann und Frau selten klappt und sagte: „Wir werden sehen. Natürlich darfst Du anrufen."

„Gute Nacht Ira!" antwortete Stefan und dann sagte er noch: „Es war gestern Nacht wundervoll mit Dir.

Du warst alles, nur kein Ersatz für meine Frau. Das wollte ich Dir noch sagen."

Ich konnte nur noch: „Dir auch eine gute Nacht!" sagen und dann kamen mir wieder die Tränen. Ich legte auf und weinte in mein Couchkissen. Irgendwie befreite mich das. Ich weinte über meine Scheidung, meine Trennung von Paul und das Pech mit den Männern der letzten Wochen. Als ich mich wieder beruhigt hatte nahm ich mir fest vor, erst einmal vorwärts zu sehen. Die Vergangenheit ließ sich nicht mehr ändern aber meine Zukunft lag vor mir....und auch mein 50.Geburtstag. Das war vielleicht gar nicht so schlimm. Möglicherweise fing gerade danach ein neues Leben an.

Am nächsten Morgen hatte sich das Wetter geändert. In der Nacht hatte es ein heftiges Gewitter gegeben und jetzt war der Himmel grau. Am Vormittag wurde meine Kommode geliefert und ich rief Tim an und fragte, ob er mir beim Aufbau helfen könnte. Wir waren seit meinem Umzug ein eingespieltes Team. Nur beim Küchenaufbau hatte er damals gestreikt.
Er kam am Nachmittag und innerhalb einer Stunde stand die Kommode an seinem Platz in meinem neuem Schlafzimmer.
Tim wollte in der nächsten Woche mit seinen Sachen zu mir ziehen. Er hatte sich entschieden nur das Bett, seinen PC und ein paar Kleinigkeiten mitzunehmen. Auch sein Schreibtisch passte noch in das Zimmer.

Die gemeinsame Wohnung war bereits an den Nachmieter übergeben worden und so konnte sein Umzug ohne große finanziellen Aufwand von statten gehen.
Silke wohnte noch bei einer Freundin. Sie hatte aber schon eine eigene kleine Wohnung gefunden und wollte die restlichen Möbel mitnehmen.

Ich schaute mich in meinem kleinen Schlafzimmer um und war begeistert. Der Raum war wunderschön geworden. Hier fühlte ich mich gleich wohl. Und Gäste mussten ab sofort auf der Couch schlafen. Als Tim am Abend nach dem Essen gegangen war ging ich nochmal an die frische Luft. Es regnete nicht mehr und es roch nach nasser Erde. Ich ging in Richtung Südpark und merkte wie ich mich entspannte. Ich hatte mein Sportoutfit und meine Laufschuhe an. Als ich im Südpark ankam lief ich einige Runden. Ich hatte den Sport die letzten Wochen ziemlich vernachlässigt. Das machte sich jetzt bemerkbar. Ich ging eine Runde langsam weiter, bis sich mein Puls wieder beruhigt hatte und lief dann noch eine weitere Runde bevor ich wieder nach Hause ging.

Ich nahm mir zuhause ein Glas Wasser und setzte mich vor meinen Laptop. Ich hatte das Bedürfnis mir etwas Schönes für die Wohnung zu kaufen. Vielleicht ein schönes Bild, oder eine Decke für mein Bett. Etwas fehlte mir noch. Ich surfte eine Zeit lang im Internet auf verschiedenen Seiten von Möbel-und Dekorationsanbietern.

Ich fand aber nicht das Richtige und was mir gefiel war zu teuer.

Auf einmal blieb mein Blick an einer Werbung hängen. „Wollen Sie sich wieder verlieben, endlich den passenden Partner finden und keine Frösche mehr küssen? Dann melden Sie sich an bei *KüsskeinenFroschmehr.de*

Ich musste grinsen. Cooler Name und das traf genau meine Situation. Ich wurde neugierig.

Sollte ich mich nochmal auf einer Dating Seite anmelden? Ich hatte doch eigentlich keine guten Erfahrungen gemacht. Aber die Werbung sprach mich an.

Ich überlegte kurz und klickte dann die Werbung an. Ich wurde dann auch gleich auf die Seite mit der Anmeldung weiter geleitet.

„Für Frauen kostenlose Anmeldung" stand direkt auf der ersten Seite. Das war ein weiterer Grund für mich es einmal auszuprobieren.

Es lief im Grunde genauso ab wie auf dem letzten Portal. Man musste seine persönlichen Daten, ein Foto und wenn man wollte, noch Hobbys oder Neigungen angeben.

Es gab Blumen statt Smileys. Als Frau konnte man leider kaum Funktionen nutzen, solange man nicht dafür bezahlte.

Ich war enttäuscht. Ich versuchte mich im Chat anzumelden. Auch dafür hätte ich bezahlen müssen. Eigentlich konnte ich nur warten ob mich Jemand ansprach. Und das würde wahrscheinlich doch wieder ein Frosch sein.

Innerhalb einer Stunde hatten sich dutzende Männer mein Profil angeschaut. Ein paar schrieben

mir Nachrichten und schickten virtuelle Blumen.
Alles wie gehabt.
Ich las einige der Nachrichten, konnte mich aber
nicht entschließen zu antworten.
Ich stellte fest, dass hier die Mitglieder aus ganz
Deutschland kamen. Ich hatte vergessen einen
Filter zu setzen.
Ich nahm mir vor das nachzuholen. Für heute hatte
ich aber genug. Ich loggte mich aus.

Die nächste Woche war ich damit beschäftigt,
gemeinsam mit Tim, seinen Umzug in meine
Wohnung zu stemmen. Mein Urlaub ging auch
langsam dem Ende zu.
Das Wetter wurde wieder besser und meine Laune
auch. Endlich war ich nicht mehr allein.
Am Donnerstag wurden wir fertig. Alles stand an
seinem Platz und es sah richtig gut aus. Tim war
auch zufrieden und wir ließen zur Feier des Tages
die Korken knallen. Ich spendierte eine Flasche
teuren Sekt, den ich irgendwann einmal von einem
Patienten geschenkt bekommen hatte.
Später kam auch Stefan vorbei. Er hatte uns beim
Transport einiger schwerer Teile geholfen. Ich
freute mich sehr, dass er es mir angeboten hatte.
Als ich mit Tim in der Küche allein war fragte er:
„Der Bulle ist richtig nett. Wird das was mit Euch?"
Ich mochte es nicht wenn er Polizisten so
bezeichnete, musste aber trotzdem schmunzeln.
„Ich glaube nicht. Er trauert noch seiner Frau
hinterher."

„Mach Dir nichts draus Mum, andere Mütter haben auch schöne Söhne!" sagte Tim und ich musste laut lachen. Als ich den Spruch einmal anders herum zu Tim gesagt hatte, hatte er nur die Augen verdreht. Er zwinkerte mir zu. Wir gingen wieder zurück ins Wohnzimmer und tranken gemeinsam mit Stefan die Flasche Sekt leer.

Am nächsten Abend hatte Tim sich mit Freunden verabredet und ich saß allein zuhause. Ich schnappte mir mein Laptop und hatte auf einmal große Lust einfach nur zu flirten. Wo ging das besser als im Internet. Man musste sich noch nicht einmal dafür umziehen oder aus dem Haus zu gehen.
Ich loggte mich auf der *Frosch-Seite* ein und las noch ein paar Nachrichten von potenziellen Verehrern. So richtig überzeugte mich keiner mit seinen Anmachversuchen.
Ich schaute mir einige Fotos an und musste lachen, weil manche Bilder von Prominenten dabei waren. So sah ich George Clooney und Brad Pitt. Diese Beiden suchten bestimmt nicht bei einem Dating Portal nach einer neuen Freundin.
Da blinkte auf einmal ein Hinweis auf: „Uwe möchte gern mit Dir chatten. Wenn Du ihm antworten willst drücke jetzt „Ja"
Ich machte wie es vorgeschlagen wurde und sah das Foto eines gutaussehenden Mannes mit Bart. Ich war wieder Lady Chaos, weil mir nichts Besseres eingefallen war.

„Du siehst eigentlich völlig unchaotisch aus!"
schrieb Uwe. „Hast Du auch einen Namen?"
Ich wollte schon schreiben, dass meine Eltern
vergessen hatten mir einen zu geben. Aber dann
schrieb ich: „Heute heiße ich Ina."
„Wieso nur heute?" kam die Frage.
„Weil ich glaube, dass Namen im Internet nicht
aussagekräftig sind." antwortete ich.
„Das hört sich nach schlechten Erfahrungen an!"
schrieb Uwe.
Uwe kam aus Wuppertal und arbeitete in einer
Schreinerei. Hätte ich den mal früher
kennengelernt, dann wäre meine Küche schnell
aufgebaut worden.

Ich wusste nicht welcher Teufel mich an diesem
Abend geritten hatte, aber ich log ihm das Blaue
vom Himmel herunter. Er musste meinen Frust
ausbaden und nach einer Weile tat er mir leid, weil
er mir augenscheinlich alles abnahm.
Jetzt war es natürlich zu spät alles aufzuklären. So
hätte ich bei einem Treffen alles richtig stellen
müssen. Schon deshalb hatte er keine Chance.
Ich flirtete ungeniert und genoss es, dass er mir
ständig Komplimente machte. Vielleicht hatte er
aber genauso gelogen wie ich.
Als ich mich später verabschiedete hatte ich ein
schlechtes Gewissen. Das wollte ich nie wieder
machen. Ich erwartete doch auch, dass man ehrlich
zu mir war.

Ich ging ins Bett, denn am nächsten Tag hatte
meine Mutter Geburtstag. Wir wollten gemeinsam

zum Brunch ins *Henkelmännchen*. In der Nacht hörte ich Tim nach Hause kommen. Ich drehte mich um und schlief wieder ein mit dem guten Gefühl, nicht mehr allein in der Wohnung zu sein.

Am nächsten Morgen ließ ich Tim ausschlafen und machte mir erstmal einen Kaffee. Ich schaltete mein Laptop an und wollte mich bei Uwe entschuldigen. Er war sehr nett und ich fand, ich sollte ihm die Wahrheit sagen.
Kaum hatte ich mich angemeldet wurde ich aber von einem *Robi* zu einem Chat eingeladen.
Ein Blick auf sein Porträtfoto zeigte mir einen freundlichen Mann der aussah wie eine Mischung aus Phil Collins und Bruce Willis.
Er hatte ganz kurze Haare, stahlblaue Augen und ein lustiges Grübchen am Kinn.

Ich nahm die Einladung an und fragte gleich: „Ist Robi eine Abkürzung?" Die Antwort kam direkt.
„Eigentlich heiße ich Robert und Du?" Ich schrieb: „Ich heiße Ira!"
Im selben Moment merkte ich, dass ich meinen richtigen Namen verwendet hatte. Jetzt war es zu spät es auf Ina zu ändern.

„Du lebst in Köln?" fragte er und ich las in seinen Angaben, dass er aus Hessen kam.
„Ich lebe in der Nähe von Wiesbaden", schrieb er weiter.
„Gibt es da keine Frauen?" fragte ich frech und merkte, dass es wohl nicht die richtige Frage war.
Robert ließ sich Zeit mit einer Antwort.

„Natürlich gibt es hier Frauen. Aber Dein Foto hat mich total angesprochen, da habe ich gar nicht darauf geachtet wo Du wohnst. Außerdem ist Köln ja nur 150 Kilometer entfernt. Das ist nichts in Zeiten von Autos, Flugzeugen und Schnellzügen."
Da hatte er Recht.

Ich schaute auf die Uhr. Ich musste Tim bald wecken. Wir hatten uns für elf Uhr mit meinen Eltern und meiner Schwester und Schwager zum Brunch verabredet. Das wurde knapp.

So verabschiedete ich mich überhastet. Ich schrieb ihm schnell noch, dass ich eine Einladung zum Geburtstag hätte und verabschiedete mich.
Schade, wahrscheinlich würde ich nichts mehr von *Robi* hören.
In diesem Moment kam Tim verschlafen aus seinem Zimmer und ich scheuchte ihn ins Badezimmer.
Dann zog ich mich selber schnell an und hatte auf einmal richtig gute Laune.
Lag das an Robi aus Hessen?

Tim kam aus dem Bad und wir liefen schnell zur Haltestelle um unseren Bus zu bekommen.
Wir erreichten ihn in der letzten Minute, ließen uns auf einen Platz fallen und freuten uns auf die Geburtstagsfeier. Meine Mutter hatte deutlich weniger Probleme damit siebzig zu werden, wie ich mit meinem fünfzigsten Geburtstag. Ich sollte mir ein Beispiel daran nehmen.

Es wurde eine wunderschöne Geburtstagsfeier. Meine Mutter genoss es im Mittelpunkt zu stehen und freute sich, die ganze Familie wieder um sich zu haben.
Meine Schwester und mein Schwager kamen kurz nach uns. Sie hatten meiner Mutter einen kleinen Mandelbaum für ihren Garten gekauft. Die Ohrringe von mir kamen auch gut an und Tim hatte einen Gutschein für einen Oma/Enkeltag dabei.

Meine Schwester fragte mich später einmal nach meinem Liebesleben und mir fiel spontan der Mann aus Hessen ein.
Ich wollte auf jeden Fall abends nochmal schauen ob er auch online war.

Es war schon später Nachmittag als wir wieder zuhause ankamen. Tim war müde nach der durchgemachten letzten Nacht und wollte sich wieder hinlegen.
Ich ging nochmal joggen. Ich musste mich noch etwas bewegen. Wir hatten die ganze Zeit gesessen und gegessen. Ich brauchte jetzt frische Luft. Am nächsten Tag musste ich wieder arbeiten und dann war meine Freizeit wieder begrenzt.
Eine Stunde später war ich wieder zuhause und Tim schlief immer noch.
Ich nahm mein Laptop und war gespannt ob Robert online sein würde. Er war nicht da und hatte mir auch keine Nachricht hinterlassen. Wahrscheinlich hatte er gedacht, dass ich keine Lust auf weitere Konversation hatte, weil ich mich so schnell verabschiedet hatte.

Ich machte mir einen Kaffee und ordnete meine Berufskleidung. Ich legte mir alles in mein Schlafzimmer, damit ich es am Montagmorgen nicht in der Frühe machen musste.

Der Urlaub war wie im Fluge vergangen. Nun musste ich ab morgen wieder arbeiten.

Ich freute mich auch wieder auf die Praxis. Mir fehlte der Kontakt zu Kolleginnen und den Patienten. Auch wenn es anstrengend war und manche Patienten unfreundlich und fordernd waren. Die netten und dankbaren Patienten machten das wieder wett.

Ich warf im vorüber gehen einen Blick auf den Monitor und sah das *Robi* online war und mich wieder zu einem Chat eingeladen hatte. Fast hätte ich es übersehen.

Mein Herz machte einen Hopser und ich setzte mich gleich, um eine Antwort zu schreiben.

„Guten Abend aus Köln. Schön das Du wieder da bist!" schrieb ich und nach kurzer Zeit kam seine Antwort: „Hallo zurück aus dem Taunus. Wie war die Geburtstagsfeier?"

Er hatte sich das gemerkt. Das war ein gutes Zeichen.

Ich erzählte ihm von dem Brunch und von meinen Eltern. Er wollte alles über meine Familie wissen. Endlich mal Jemand der darauf Wert legte. Bisher hatte es die anderen Männer nicht wirklich interessiert. Robert schrieb mir, dass er seit ein

paar Monaten von seiner Frau getrennt lebte.
Gerade war er in eine eigene Wohnung gezogen.
Die Trennung von seinen beiden Söhnen machte
ihm jedoch wesentlich mehr zu schaffen.
Was seinen Job betraf, konnte ich mir darunter nicht
viel vorstellen. Er war Beamter. Zurzeit sei er aber
beurlaubt, da es keine adäquate Arbeit für ihn gab.
Mit anderen Worten, er bekam Geld ohne zu
arbeiten. Ich wusste nicht was ich davon halten
sollte. Vielleicht war er einfach nur ein arbeitsloser
Spinner, der im Internet eine Frau suchte, die ihn
aushalten sollte.
Da war er bei einer Arzthelferin aber an der
falschen Adresse.
„Das habe ich ja noch nie gehört, dass Jemand fürs
Nichtstun voll bezahlt wird. Bist Du sicher, dass Du
mir keine Märchen erzählst?" fragte ich.
„Das muss ich Dir mal in Ruhe erklären", kam die
Antwort. „Aber ich bin kein Lügner und sage Dir die
Wahrheit."
Ich wechselte das Thema und wir schrieben über
unsere Erfahrungen in den Partnerportalen. Er hatte
auch seine guten und schlechten Erfahrungen
gemacht.
Es gab ein paar Frauen mit denen er sich gut
verstand und regelmäßig schrieb. Eine oder Zwei
hatte er auch schon persönlich getroffen. Es sei
aber nichts Ernstes gewesen.
Er fragte wie es mir bisher ergangen sei und ob es
Jemanden gab, mit dem ich mich getroffen hatte.
Ich schrieb im wahrheitsgemäß, was ich die letzten
Wochen erlebt hatte und das ich es eigentlich schon

aufgeben wollte im Internet nach einem Partner zu suchen.

„Da war es ja ein Glück, dass Du mir hier über den Weg gelaufen bist. Ich bin hier auch nur aus Zufall gelandet. Mein jüngerer Sohn hat mich hier angemeldet. Er meinte, ich sei nicht zum Single geeignet. Ich selbst hätte das wahrscheinlich nie versucht. Jetzt bin ich froh, dass ich Dich auf diese Weise kennengelernt habe."

„Du kennst mich doch noch gar nicht! Vielleicht bin ich eine Schreckschraube oder eine Psychopathin!" schrieb ich und musste selber lachen.

„Dein Foto sagt mir etwas ganz anderes. Ich glaube Du bist eine sensible und warmherzige Frau!" war Roberts Antwort.

Ich schluckte. Da hatte mich Jemand gleich durchschaut. Meine große Klappe zeigte bei ihm keine Wirkung.

Tim schaute ins Wohnzimmer und sah, dass ich chattete. Er zwinkerte mir zu. „Ihr macht aber keinen Cybersex, oder?" Ich musste laut lachen und deutete ihm an, dass er nicht stören sollte. Er grinste und schloss die Tür hinter sich.

Es war so wunderbar unkompliziert mit Robert zu chatten. Irgendwann schrieb er mir seine E-Mail Adresse auf. „Damit wir uns nicht aus den Augen verlieren, falls Du Dich doch wieder bei den *Fröschen* abmeldest."

„Ich frage Dich noch nicht nach Deiner Telefonnummer. Aber ich gebe Dir meine!" schrieb

Robert. „Du kannst Dir dann überlegen ob Du Dich melden möchtest."

Wir schrieben noch lange an diesem Abend. Ich schaute mir nochmal Roberts Foto an und fühlte mich jetzt schon zu ihm hingezogen. Endlich gab es einen Mann, wo ich das Gefühl hatte mich verlieben zu können. Sollte es endlich doch kein Frosch mehr sein?

Die erste Arbeitswoche hatte ich nur wenig Gelegenheit mit Robert zu chatten. Er schrieb mir aber Emails und ich antwortete ihm gleich, wenn ich abends von der Arbeit kam.
Irgendwann schickte er mir auch weitere Fotos von sich und auch von seinen Söhnen. „Damit Du nicht glaubst es sei alles ein Fake!" schrieb er.
Am nächsten Wochenende fasste ich mir ein Herz und schrieb Robert eine Nachricht auf sein Handy. Jetzt hatte er natürlich auch meine Nummer. Aber manchmal muss man sich auch etwas trauen.
Statt zurück zu schreiben rief Robert an. Ich war ziemlich nervös als ich abhob. Und dann hörte ich seine sanfte Stimme mit einem leichten hessischen Dialekt. Die Nervosität war innerhalb weniger Sekunden wie weggeblasen. Von Berührungsängsten keine Spur mehr. Wir telefonierten lange und verabredeten uns für den Abend im Chat. Robert wollte seine Webcam einschalten, damit wenigstens ich ihn sehen konnte. Ich hatte leider keine.

„Was ist denn mit Dir los?" wollte Tim wissen als er mich sah. „Du grinst von einem Ohr zum Anderen!"

Ich habe eben mit dem Hessen telefoniert von dem ich Dir erzählt habe", sagte ich und Tim antwortete: „Scheint ja ein Volltreffer zu sein. Wo Du Dich sonst so ungern von Deiner Handynummer trennst."

An diesem Nachmittag hatte ich mich nochmal mit Stefan verabredet. Wir wollten uns in einem Biergarten am Aachener Weiher treffen. Er wartete schon an einem der Tische und winkte mir zu. Ich setzte mich zu ihm in die Sonne und er bestellte mir auch ein Kölsch.
„Du siehst heute wieder so hübsch und irgendwie zufrieden aus", meinte Stefan und prostete mir zu.
„Mir geht es auch gut!" sagte ich und lehnte mich zurück. „Was gibt es denn Neues bei Dir?" wollte ich wissen.
„Ich habe nochmal mit meiner Frau gesprochen", sagte Stefan und machte ein unglückliches Gesicht.
„Da gibt es wohl kein Zurück. Ich glaube sie hat einen Neuen."
„Das tut mir wirklich leid für Dich", sagte ich und meinte es ehrlich.
„Bei Dir habe ich wohl auch keine Chance mehr, oder?" fragte er zerknirscht.
Ich atmete durch und versuchte es ihm möglichst schonend beizubringen.
„Ich mag Dich wirklich sehr, aber Du weißt selbst, dass es für eine Beziehung bei mir nicht reicht.

Ich hätte immer das Gefühl, dass ich nur ein Ersatz für Deine Frau bin. Auch wenn Du mir sagst, dass es nicht so ist."

„Ich verstehe", sagte Stefan und schaute mir in die Augen „Das habe ich wohl gründlich versaut."

„Mach es einfach bei der Nächsten besser!" antwortete ich und streichelte über seine Hand. „Teure Restaurants und Sportwagen sind nicht allen Frauen wichtig. Viel wichtiger ist es, das Gefühl zu haben an erster Stelle zu stehen und begehrt zu sein."

„Ich werde dran denken wenn ich nochmal die Gelegenheit bekomme. In meinem Job ist es so schwierig eine Frau kennen zu lernen. Immer diese Überstunden und unregelmäßigen Arbeitszeiten."

„Versuch es doch mal im Internet!" rat ich ihm und musste an Robert denken.

„Ich glaube das ist Nichts für mich", meine Stefan und ich sagte:

„Das habe ich auch gedacht. Aber es ist eine Möglichkeit."

Wir tranken noch ein weiteres Kölsch und ich verabschiedete mich von Stefan.

„Ich habe noch eine Verabredung. Ich muss los!" sagte ich. „Es ist übrigens Jemand, den ich im Internet kennengelernt habe."

„Vielleicht sollte ich es doch auch mal versuchen. Wenn solche tollen Frauen wie Du dort angemeldet sind habe ich ja noch Hoffnung". Er küsste mich auf die Wange und ich ging langsam zur Haltestelle.

Am Abend erwartete mich Robert schon auf der Internet Plattform. Er schaltete seine Webcam ein und nun sah ich ihn das erste Mal live. Und mir gefiel was ich sah.
Er hatte ein liebes und offenes Gesicht, schien sportlich zu sein und strahlte mir entgegen.
„Schade, dass Du keine Kamera hast", sagte er zur Begrüßung. „Aber so ist die Spannung für mich nur noch größer!"
Er zwinkerte mir zu und drehte sie Kamera so, dass ich einen Teil der Wohnung sehen konnte.
Sie war sehr schön und geschmackvoll eingerichtet. Mediterraner Stil mit warmen Farben.

Ich erfuhr, dass Robert in eine Wohnung eingezogen war, die ihm und seiner Frau gehörte. Die bisherigen Mieter waren ausgezogen und so hatte es sich angeboten die Wohnung selbst zu beziehen.
Bis dahin hatte Robert noch in seinem Bürozimmer im ehemaligen Zuhause gewohnt. Er meinte es wurde langsam Zeit auszuziehen, da die Stimmung immer schlechter wurde. Seine beiden Söhne wohnten weiterhin bei ihrer Mutter.
Ich konnte gut verstehen, dass jeder seinen eigenen Bereich brauchte. Die letzten Wochen, unter einem Dach zusammen mit Paul, waren auch kompliziert gewesen.
Nachdem wir lange miteinander geschrieben hatten klingelte plötzlich mein Telefon.

„Ich möchte lieber Deine Stimme hören, wenn ich Dich schon nicht sehen kann", hörte ich Roberts angenehme Stimme.

„Das Gleiche habe ich auch gerade gedacht!" freute ich mich und dann wurde es sehr spät in dieser Nacht.

Tim kam einmal kurz in das Wohnzimmer. Er war auf dem Weg in die Küche um sich etwas zu trinken zu holen.

„Der Mann lässt wohl nicht locker", flüsterte er mir zu. „Treff Dich doch mal mit ihm. Ich pass auch auf Dich auf."

Ich schüttelte den Kopf und streckte ihm die Zunge raus. Er lachte und schloss die Tür hinter sich.

Der nächste Tag war ein Sonntag. Ich wollte mit Paul zum Weinfest auf den Heumarkt gehen.

Er war noch einmal in Köln um ein paar Dinge zu regeln. Er hatte sein kleines Appartement aufgegeben und wollte zurück zu seinen Eltern ziehen. Sein Vater war nur noch ein Schatten. Er verbrachte dank Schmerzmittel den Tag nur noch im Dämmerzustand. Pauls Mutter trank jetzt schon morgens und war mit der Situation völlig überfordert. Als ich Paul am Nachmittag traf sagte er: „Wenn sie so weitermacht stirbt sie noch vor meinem Vater."

Ich war erschüttert und mir wurde bewusst, wie schnell eine Krankheit eine ganze Familie aus der Bahn werfen konnte.

Wir setzten uns in ein kleines Zelt, in dem Wein aus der Region angeboten wurde.

„Ich werde dann Köln erstmal verlassen", sagte
Paul als wir uns einen Platz gesucht hatten.
„Ich weiß auch noch nicht ob ich wieder
zurückkomme. Meine Mutter macht mir große
Sorgen. Sie ist ohne meinen Vater allein nicht
lebensfähig. Er hat ihr alles abgenommen und nun
hat sie große Angst davor, wenn er nicht mehr da
ist."
Das tat mir alles furchtbar leid. Und für Paul war das
auch ein großer Schritt. Er hatte nicht immer ein
gutes Verhältnis zu seinen Eltern. Umso mehr
rechnete ich es ihm hoch an, dass er Beide jetzt
nicht im Stich ließ.
Wir hatten noch einen schönen Nachmittag und
Abend. Als wir uns verabschiedeten wussten wir,
dass es diesmal vielleicht für immer war. Wir
drückten uns und mir kamen kurz die Tränen.
Paul nickte mir zu und sagte auch nichts mehr.
Auch ihm ging es sehr nahe, dass merkte ich.
Er küsste mich auf die Wange und dann drehte er
sich um und ging. Ich schaute ihm noch eine ganze
Weile nach. Dann fuhr auch ich nach Hause.

In der nächsten Woche telefonierte ich regelmäßig
mit Robert und es wurde immer intensiver.
Die anfängliche Nervosität war vollkommen weg.
Robert hatte eine Art, einem das Gefühl zu geben,
dass man das Wichtigste in seinem Leben war.
Auch wenn wir uns noch nicht gesehen hatten,
waren wir uns schon ganz nahe.

Er beteiligte mich schon an Entscheidungen und fragte nach meinem Rat. Ganz wie in einer Beziehung. Er fragte mich welche Möbel er noch anschaffen sollte und welche mir gefallen.
Das beeindruckte mich schon sehr und ich wünschte mir immer mehr, dass ich ihn endlich einmal sehen werde.
Am Freitag war es dann soweit. Robert fragte mich während eines Telefonats auf einmal:
„Ich kann es nicht mehr abwarten Dich endlich zu sehen. Ich kann nicht von Dir erwarten, dass Du zu mir nach Hessen kommst. Wäre es Dir denn Recht wenn ich Dich in Köln besuche?"

Mein Herz machte einen Hüpfer. „Wann kannst Du kommen?" konnte ich nur fragen.
„Wenn Du möchtest komme ich gleich morgen. Oder brauchst Du noch Zeit um es Dir zu überlegen?"

Nein…Zeit brauchte ich nicht mehr. Im Gegenteil. Ich wollte ihn endlich kennenlernen.

„Ich könnte uns morgen Frühstück machen. Bringst Du Brötchen mit?" sagte ich.
„Das hört sich nach einem guten Plan an!" antwortete Robert und ich wollte nur noch wissen, wann er am nächsten Morgen in Köln sein konnte.
„Ich habe heute Abend noch ein Tischtennis Spiel. Aber ich stehe früh auf und bin dann gegen zehn Uhr bei Dir." hörte ich Robert sagen.
Er hatte mir einmal erzählt, dass er Tischtennis in einem Verein spielte. Ich konnte damit nichts

anfangen. Für mich war das Ping Pong. Aber Robert machte Sport und das imponierte mir. Ich war schon wochenlang nicht mehr im Fitness Studio gewesen und den Kochkurs hatte ich seit zwei Wochen auch geschwänzt. Mir waren die Telefonate und Chats mit Robert wichtiger.

Ich ging abends ins Bett und war sicher, nicht schlafen zu können. Ganz entgegengesetzt schlief ich aber wie ein Murmeltier und wurde erst gegen halb zehn wach. So ein Mist. Ich wollte doch den Tisch noch schön decken, alles vorbereiten und vor allem wollte ich mich dekorieren. Ich sprang aus dem Bett und stürmte ins Badezimmer.
Ich sah aus dem Augenwinkel, dass mein Handy blinkte. Ich hatte eine Nachricht bekommen. Robert hatte mir geschrieben, dass er im Stau steht. Es würde etwas später werden.
Ich atmete auf. Das gab mir Zeit mich noch etwas zurecht zu machen und ein Frühstück wie bei Tiffanys zuzubereiten.

Ab 10.30 Uhr machte ich mir Sorgen. Hoffentlich war nichts passiert. Ich sah immer wieder aus dem Fenster um zu schauen ob ich Roberts Auto erkennen würde.
Er hatte mir gesagt welche Automarke er fuhr.
Ich trank bereits meinen dritten Kaffee und wurde immer nervöser. Um kurz nach elf klingelte es dann endlich an der Tür.
Ich drückte den Türöffner und schaute gespannt ins Treppenhaus. Und dann sah ich ihn beschwingt und

mit einem strahlenden Lachen die Stufen hinauf
springen.
Er drückte mir zur Begrüßung ein kleines Stofftier in
die Hand und nahm mich in den Arm.
Das einzige was ich sagen konnte war: „Endlich!!"
Ich wusste im selben Augenblick, dass ich bin
angekommen bin.
Die Zeit, Frösche zu küssen war vorbei.…

An diesem Tag war es so heiß wie lange nicht
mehr. Ich ließ schon seit dem Aufstehen den
Ventilator laufen.
Tim hatte Semesterferien und war früh am Morgen
zu einem Freund gefahren. Er sagte noch: „Melde
Dich bitte mal wenn Du Zeit und Lust hast. Ich
möchte wissen ob bei Dir alles o.k. ist."

Ich schrieb ihm jetzt eine Nachricht, dass es nicht
besser sein könnte. Er brauchte sich keine Sorgen
zu machen.
Robert und ich setzten uns an den gedeckten Tisch.
Er meinte: „Ich bin so glücklich. Du bist so eine
hübsche Frau. Ich kann gar nicht verstehen das Du
bisher noch Single bist."
Es war ja nicht schwer Jemanden kennen zu lernen
sondern den Richtigen. Außerdem hätte ich Robert
das Gleiche fragen können, denn er war auch ein
attraktiver Mann.
Wir frühstückten miteinander und die Nervosität war
weg. Die Sorge, dass wir uns, wenn wir uns
persönlich gegenüber stehen nichts mehr zu sagen
hätten, war vollkommen unbegründet.

Es war ‚als ob wir uns schon ewig kennen würden und trotzdem war ein Kribbeln da. Robert sagte plötzlich: „So habe ich es mir in den schönsten Träumen nicht vorgestellt. Wir kennen uns heute gerade mal zwei Wochen. Das auch nur durch den Chat oder die Telefonate. Was hast Du nur mit mir gemacht?"

„So sind wir Kölnerinnen!" sagte ich und lachte „Wir sind einfach unwiderstehlich." Er nahm meine Hand und lächelte: „Wir Hessischen Löwen sind aber auch nicht ohne!" sagte er und deutete auf das kleine Stofftier, einem Löwen.
„Das ist mein Sternzeichen. Damit Du etwas zum Kuscheln hast wenn ich nicht da bin."

Am Nachmittag wurde es in der Wohnung unerträglich heiß. Wir packten eine Decke und etwas zu trinken ein und fuhren nach Rodenkirchen ans Rheinufer. Dort war es entsprechend voll, aber wir fanden noch ein Plätzchen im Schatten und machten es uns auf der Decke gemütlich.
Hier war es einigermaßen auszuhalten. Ein leichter Wind wehte vom Rhein herüber und wir lagen dort Hand in Hand. Ich hatte ein wahnsinniges Gefühl der Geborgenheit und schloss die Augen.
Wir sagten eine ganze Zeit nichts und dann drehte sich Robert zu mir: „ Dich im Internet anzuschreiben war das Beste, was ich machen konnte." Ich nickte nur und wir küssten uns innig.
Am Abend wurde es dann etwas kühler und wir kuschelten uns auf der Decke aneinander.

Es war für mich vom ersten Augenblick klar, als ich Robert im Treppenhaus sah, dass er bei mir übernachten würde. Ich konnte und wollte ihn nicht in ein Hotel schicken.
Als es langsam dunkel wurde fuhren wir wieder zurück in meine Wohnung und setzten uns noch eine Weile auf den Balkon. Wir tranken ein Glas Wein und unterhielten uns noch lange. Es war eine heiße Nacht draußen und später auch in meinem Schlafzimmer. So etwas hatte ich lange nicht mehr gefühlt. Wir schliefen kaum in dieser Nacht.

Das Wochenende ging viel zu schnell vorbei und Sonntagabend musste Robert wieder nach Hause fahren. Bevor er in sein Auto stieg, küssten wir uns noch lange. Ich winkte ihm nach als er um die Ecke bog. Ich war traurig und glücklich zugleich und hoffte, dass es mit uns weitergehen würde.
Die Distanz und die Tatsache, dass ich nach den schlechten Erfahrungen der letzten Zeit ziemlich verunsichert war, machten mir Sorge.
Ich ging zurück in die Wohnung und legte mich auf mein Bett. Roberts Geruch lag noch in der Luft und ich wusste, dass ich ihn unbedingt wiedersehen wollte.

Am nächsten Wochenende war die Feier der Goldenen Hochzeit meiner Eltern. Tim und ich fuhren gemeinsam mit meiner Schwester und meinem Schwager in die Pfalz. Deshalb konnte ich Robert erst einmal nicht wieder treffen. Ich versprach aber, ihn vom Handy aus anzurufen und mich zu melden, wenn wir in der Pension angekommen waren.

Wir hatten Glück. Die Sonne schien und wir freuten uns auf die gemeinsamen Tage mit der Familie. Die Pension befand sich in einem kleinen Dorf, in einer wunderschönen Lage in einem kleinen Tal. Von dort aus konnte man stundenlange Wanderungen in die Umgebung machen. Der nächste größere Ort war Bad Kreuznach. Als wir unsere Zimmer bezogen hatten, wollte ich Robert gleich eine Nachricht schreiben. Es blieb allerdings bei dem Vorsatz, denn in unserem Hotel gab es keinen Internetempfang.

Und auch die Telefonleitung des Hotels war zurzeit durch Arbeiten am Netz außer Betrieb.

Ich war genervt und unruhig. Ich hatte versprochen mich zu melden und nun dachte Robert vielleicht, dass mir etwas passiert ist oder ich nichts mehr von ihm wissen wollte.

Viel Zeit hatte ich allerdings nicht mir weiter Sorgen zu machen, denn die Feier zur Goldenen Hochzeit war vorbereitet und meine Eltern schon sehr aufgeregt. Es gab ein perfektes Menü und erlesene Weine. Die Pensionsinhaber hatten uns einen wunderschön gedeckten Tisch im Biergarten, mitten zwischen Blumen und blühenden Sträuchern, zurecht gemacht.

Im Kreise der Familie hatten wir einen festlichen, schönen Abend und meine Eltern freuten sich sehr über unser Geschenk, die Reise an den Ort des Kennenlernens.

Als ich in der Nacht im Bett lag musste ich intensiv an Robert denken. Gleich am nächsten Tag wollte ich meine Eltern bitten, in den nächsten Ort zu fahren. Vielleicht konnte ich Robert von dort aus erreichen.

Nach dem Frühstück am nächsten Morgen fuhren wir dann in Richtung Bad Kreuznach.
Nach einigen Kilometern meldete sich plötzlich mein Handy. Endlich wieder Empfang.
Robert hatte fast zwanzig Mal versucht mich anzurufen. Ich sah die Liste der Anrufe in Abwesenheit.
Genauso oft hatte er versucht mir eine Nachricht zu schreiben. Die kamen jetzt eine nach der anderen an.
Als wir in Bad Kreuznach hineinfuhren, zog ich mich gleich zurück und rief ihn an. Er ging gleich nach dem ersten Klingeln an sein Handy.
„Gott sei Dank!" sagte er „Ich dachte schon es sei etwas Schlimmes passiert. Warum hast Du Dich denn nicht gemeldet?"
Ich erklärte ihm, warum ich mich nicht melden konnte und er atmete auf. Ich erzählte ihm noch von der Feier und das ich mit meiner Familie jetzt den Tag in Bad Kreuznach verbringen wollte.
Später hatte ich dann wieder keine Möglichkeit zu telefonieren.
„Ich wünsche Euch noch viel Spaß und habe Sehnsucht nach Dir!" sagte Robert.
Und Sehnsucht hatte ich auch.

Meine Familie saß bereits in einer Eisdiele und wartete auf mich. Tim grinste und meinte: „Ist die Welt wieder in Ordnung?" Ich nickte und mein Vater sagte: „Das muss ja ein toller Mann sein. So glücklich haben wir Dich ja lange nicht mehr gesehen."

„Ich bin noch vorsichtig, aber ich glaube er könnte der Richtige sein!" antwortete ich und meine Schwester flüsterte mir ins Ohr: „Ich hoffe es sehr für Dich und drücke ganz fest die Daumen."

Wir hatten ein schönes gemeinsames Wochenende. Als wir wieder in Köln waren, fuhr ich direkt nach Hause. Tim brachte seine Reisetasche in sein Zimmer und machte sich gleich wieder auf den Weg. Er wollte sich mit Freunden zum Grillen treffen.

Ich setzte mich ins Wohnzimmer und rief Robert an. Endlich konnten wir in Ruhe telefonieren. Dabei würde es die nächsten drei Wochen auch erst einmal bleiben, denn in Hessen waren jetzt Sommerferien und Robert fuhr mit seinen Söhnen in Urlaub nach Spanien.

Es hatte ein Haus in der Nähe von Valencia, dass wusste ich bereits. Er hatte mir gesagt, dass er mich auch gern mitnehmen würde.

Aber ich hatte ja gerade erst Urlaub. Außerdem sollte er erst einmal allein mit den Kindern verreisen. Die Trennung der Eltern war ja noch nicht lange her und es wäre nicht gut gewesen, gleich eine mögliche neue Partnerin zu präsentieren.

Das bedeutete jetzt erstmal eine Pause in unserer gerade begonnenen Beziehung.
Würde das gut gehen?
Robert sagte jetzt: „Ich habe heute die Koffer gepackt, aber ich würde am liebsten hier bleiben und den Urlaub bei Dir in Köln verbringen. Aber das kann ich den Jungs nicht antun."
„Das möchte ich auch nicht. Dann hätte ich gleich einen schlechten Stand bei Deinen Söhnen wenn Du jetzt den Urlaub absagst. Außerdem tut es Dir auch gut sie mal wieder für eine längere Zeit für Dich zu haben."
Wir verabredeten, dass wir regelmäßig miteinander telefonieren wollten. Es gab in der Nähe des Ferienhauses auch ein Internet Café. Von dort wollte Robert dann auch mit mir chatten.
Sonst würde unsere Telefonrechnung explodieren.

Wir telefonierten noch lange an diesem Abend. Robert musste am nächsten Tag sehr früh aufstehen, da sein Flug schon in den Morgenstunden ging. „Vergiss mich nicht!" sagte Robert zum Abschied. „Ich vermisse Dich jetzt schon!"
„Komm gesund wieder zurück. Mach Dir um mich keine Sorgen. Jetzt wo ich Dich gefunden habe wirst Du mich so schnell nicht wieder los", antwortete ich.

Die Trennung während Roberts Urlaub überbrückten wir mit Telefonaten und abendlichen Chats. Trotzdem wurde mir in dieser Zeit klar, dass auch wenn Robert wieder zuhause

war, es auf eine Wochenend-Beziehung hinauslaufen würde.
Wir hatten Beide unsere Jobs, die wir nicht aufgeben konnten. Natürlich waren es nur 150 Kilometer, aber unter der Woche zu weit, um sich regelmäßig zu sehen.
Das machte mir Sorgen. In einer Fernbeziehung teilt man nicht das tägliche Leben und ein Wochenende ist schnell wieder vorbei.
Ich wollte aber nicht darüber nachdenken. Im Moment war ich glücklich und freute mich, dass Robert in der nächsten Woche wieder zurückkam.

Am Tag des Rückflugs rief mich Robert aus Spanien an. „Ist es Dir Recht, wenn ich gleich nach der Landung zu Dir komme? Ich habe solche Sehnsucht. Ich bringe nur die Jungs nach Hause und dann fahre ich direkt weiter zu Dir."
„Das wäre super. Ich freue mich sehr auf Dich. Außerdem ist Wochenende. Dann haben wir Zeit Füreinander."

Am späten Abend kam Robert braun gebrannt an. Er sah richtig gut erholt und sehr gut aus.
Als Geschenk hatte er mir einen wunderschönes Halstuch und spanische Leckereien mitgebracht.
Den Serrano Schinken, Manchego Käse und die Oliven aßen wir noch in der Nacht. Wir hatten uns so viel zu erzählen. Robert hatte einige Unternehmungen mit seinen Söhnen gemacht und es hatte ihm gut getan, ein paar ernsthafte Gespräche über seine Trennung zu führen.

Er hatte den Jungen gegenüber ein schlechtes Gewissen, weil er ausgezogen war. An der Trennung war er nicht schuld. Seine Frau hatte ihn schon seit längerem betrogen.

Jetzt genossen wir die Zweisamkeit und ich war so glücklich, dass Robert wieder bei mir war. An diesem Wochenende war Tim auch zuhause und so lernte er Robert endlich kennen. Seine einzige Reaktion nach dem ersten Zusammentreffen war ein Augenzwinkern und ein Daumen hoch.

Die Beiden verstanden sich auf Anhieb. Das war auch eine Sorge von mir gewesen. Natürlich musste ich mit meinem Partner glücklich sein, aber die Situation, dass Tim meinen Lebensgefährten gar nicht mochte wollte ich nicht nochmal.
Wir unternahmen am Samstag einen Ausflug in die nähere Umgebung und es war der schönste Tag seit langem.
Am Sonntag ging ich am Mittag mit Robert in die Kölner City, um ihm meine Heimatstadt zu zeigen. Ich war sehr stolz auf die Stadt, in der ich jetzt schon seit meiner Kindheit lebte.
Die schönsten Sehenswürdigkeiten und natürlich den Kölner Dom schauten wir uns bei strahlenden Sonnenschein an und Robert meinte: „Ich könnte mir auch vorstellen hier zu leben, aber das kommt leider aus beruflichen Gründen nicht in Frage.“

Ich schluckte, denn das hatte ich befürchtet. Ich konnte mir aber im Moment auch nicht vorstellen hier alles aufzugeben.

Natürlich würde ich als Arzthelferin überall einen Job bekommen, aber vielleicht nicht in meinem Alter.

Und alle Zelte hinter mir ab zu brechen war eine große Entscheidung. Was wäre wenn wir beim Zusammenleben merken, dass es doch nicht passt? Dann hätte ich kein Zuhause mehr, keinen Job und eine ungewisse Zukunft.

Ich verwarf den Gedanken erst einmal und war froh, dass Robert bei mir war und ich genoss das Gefühl einfach nur glücklich und entspannt zu sein.

Am Montagmorgen brachte mich Robert noch zu Arbeit und fuhr dann weiter nach Hause. Als ich ihm nachwinkte machte sich gleich ein Gefühl des Vermissens breit. Er fehlte mir schon als er um die Ecke bog.

Die Woche verlief ohne Ereignisse. Robert rief jeden Tag an und wir telefonierten stundenlang.

Er fragte mich ob ich Lust hätte, ihn zu der Hochzeit eines Cousins zu begleiten. Das sei schon am nächsten Wochenende. Die Einladung hatte er jetzt erst gelesen. Während seines Urlaubs war die Post liegen geblieben.

Mir rutschte das Herz in die Hose, denn das würde bedeuten, dass ich die geballte Familienbande auf einen Schlag kennen lernen würde. Auf der anderen Seite hätte ich es dann hinter mir. Ich empfand solche Situationen immer wie ein Vorstellungsgespräch beim neuen Arbeitgeber.

In Gedanken durchstöberte ich aber schon meinen Kleiderschrank auf der Suche nach einem adäquatem Kleid.

Ich sagte zu und Robert meinte: „Ich hole Dich am Freitagmittag nach der Arbeit ab und dann habe ich noch etwas für den Abend geplant. Die Hochzeit ist Samstagnachmittag. Das wird bestimmt aufregend für Dich."

Das war genau meine Befürchtung. Aber da musste ich jetzt durch.

Ich entschied mich für das *kleine Schwarze* mit einer passenden festlichen Stola. Sehr chic aber nicht übertrieben. Ein Paar hochhackige Pumps machten das Outfit komplett.

Ich machte Modenschau vor Tim und er nickte wohlwollend und sagte: „Hey Mum, das ist der Hammer!"

Sollte heißen: Er fand es angemessen.

Ich hatte meine kleine Reisetasche schon am Freitagmorgen mit in die Praxis genommen, damit ich gleich nach Feierabend mit Robert in Richtung Taunus fahren konnte.

Ich hatte mich gerade umgezogen, als es an der Praxistür klingelte. Meine Kollegin Gaby öffnete neugierig weil sie wusste, dass ich von meinem neuen Freund abgeholt werden würde.

„Hallo ich bin Robert und wollte zu Ira", hörte ich seine Stimme.

„Sie zieht sich gerade um. Wollen Sie kurz im Wartezimmer Platz nehmen bis Sie fertig ist?" hörte ich Gaby fragen.

„Möchten Sie einen Kaffee?" Robert sagte anscheinend ja, denn meine Kollegin kam in unseren Aufenthaltsraum und steuerte auf die Kaffeemaschine zu. Sie grinste mich an und sagte: „Gute Wahl, sehr sympathisch!"
Ich nickte und lachte: „ Das ist mein persönliches hessisches Schnäppchen. Finger weg!"

Wir tranken noch gemeinsam unseren Kaffee und fuhren dann zuerst zu Roberts Wohnung.
Ich brachte meine Tasche ins Schlafzimmer und dann sagte Robert plötzlich:
„Ich hatte Dir doch gesagt, dass ich noch etwas für heute Abend geplant habe. Wir treffen uns heute zum Bowling mit meinen Söhnen. Sie wollen Dich kennenlernen. Ich habe ja schon viel von Dir erzählt."
Ich bekam tatsächlich an diesem Wochenende die ganze Familie zu Gesicht. Die Idee zum zwanglosen Bowlingspiel fand ich allerdings richtig gut. Das lockerte die Atmosphäre bestimmt auf.
Wir hatten gerade noch Zeit eine Kleinigkeit zu essen und fuhren dann Richtung Bowling Center nach Wiesbaden.
Ich war tatsächlich aufgeregt und Robert drückte meine Hand als wir aus dem Auto stiegen.
„Keine Sorge. Das sind meine Söhne und genau so nett wie ich!" sagte Robert und er hatte Recht. Die Beiden warteten am Eingang auf uns und ich mochte sie auf Anhieb. Äußerlich waren sie sich nicht besonders ähnlich. Simon, der jüngere Sohn kam auf Robert und Leonard war anscheinend seiner Mutter sehr ähnlich.

Wir lachten viel und hatten einen schönen Abend. Mir machte es riesigen Spaß nach langer Zeit wieder einmal Bowling zu spielen und ich gewann drei von vier Spielen. Es war alles ganz unkompliziert und ich atmete auf. Es hätte schlechter laufen können.

Nachdem wir Roberts Söhne später nach Hause gebracht hatten, fuhren wie zurück zu seiner Wohnung. Wir verbrachten eine stürmische Nacht und schliefen lange am nächsten Morgen.

Nach dem Frühstück zogen wir uns um und machten uns auf den Weg zur Hochzeit des Cousins. Die Feier fand auf einer Burg ganz in der Nähe statt. Wir hatten ein kleines Pensionszimmer unmittelbar vor Ort gebucht, damit wir nicht in der Nacht zurück fahren mussten. Dorthin brachten wir unsere Sachen und machten uns dann zu Fuß auf den Weg. Mein Lampenfieber stieg von Minute zu Minute und mir wurde heiß.
„Hab keine Angst. Die sind alle nett und ich bin bei Dir." In diesem Moment fiel alles von mir ab.
Ja Robert war bei mir und ich fühlte mich so geborgen wie seit Ewigkeiten nicht mehr. Ich wusste, dass ich mich auf ihn verlassen konnte und er für mich da war. Was sollte also passieren?
Im schlimmsten Falle stolperte ich und fiel in die Hochzeitstorte. Ich musste bei der Vorstellung lachen und war gar nicht mehr nervös.

Das Ambiente der Feier war wunderschön. So könnte ich mir auch meine eigene Hochzeit vorstellen, falls es noch einmal dazu kommen sollte. Das Schloss war wunderschön dekoriert, überall waren Blumen. Die Tische waren edel eingedeckt und eine Band spielte leise Musik. Zur Begrüßung bekam jeder einen Sekt oder Orangensaft.

Ich lernte Roberts Mutter und seine Schwestern kennen. Sie gaben mir das Gefühl, dass ich jetzt schon zur Familie gehörte und auch der Rest der Familie war sehr sympathisch. Das Brautpaar war wunderschön und nach dem Begrüßungssekt konnte ich die Feier dann richtig genießen. Robert küsste mich und sagte: „Entspann Dich. Die mögen Dich alle. Das ist ein Heimspiel Für Dich."

Spät in der Nacht machten wir uns auf den Rückweg zu unserer Pension. Und damit begann eine schlaflose Nacht. Die Matratze war wohl noch aus der Nachkriegszeit. Ich konnte nur auf dem Rücken liegen. Sobald man versuchte sich zu drehen, rollte man unwillkürlich wieder in die Mitte. Auch Robert kämpfte gegen die Schwerkraft. Wir lachten laut und Robert sagte:
„Die Matratzen sind ja besser als jedes Verhütungsmittel. So läuft heute Nacht nichts mehr!"
Ich streichelte ihn und war kurz darauf auch schon eingeschlafen. Allerdings immer nur solange bis ich mich drehen wollte. Das war einfach nicht möglich.

Am nächsten Morgen mussten wir uns gegenseitig aus dem Bett helfen und konnten uns vor Lachen nicht halten. Man konnte genau auf der Matratze sehen wo unsere Körper gelegen hatten. Ich machte ein Foto mit dem Handy. Diesen Eindruck wollte ich festhalten.

Den Sonntag verbrachte ich dann noch bei Robert und am Abend brachte er mich zum Bahnhof. Der Abschied fiel mir immer schwerer und mir graute es vor einer weiteren Woche ohne ihn.

Dann passierte etwas was mich kurzfristig aus der Bahn warf.

Am Mittwoch der folgenden Woche musste ich am Nachmittag dringend einkaufen. Da ich am Wochenende nicht da war, war der Kühlschrank leer. Tim fühlte sich anscheinend auch nicht für den Einkauf zuständig.

Ich wollte mir gerade einen Einkaufswagen holen, als ich merkte, dass mir mal wieder ein Euro Stück fehlte. Ich sah mich um und steuerte auf einen Mann zu, der gerade seine Einkäufe in den Kofferraum seines Autos stellte.

„Entschuldigung. Hätten Sie vielleicht einen Euro für den Einkaufswagen für mich?" fragte ich.

Er drehte sich um und ich musste schlucken. Es war Lothar, mein ehemaliger Nachbar aus der Zeit als ich noch verheiratet war. Schon damals hatte er mir gefallen und er hatte mehrfach versucht mich zu einem heimlichen Treffen zu überreden. Aber damals kam das nicht in Frage für mich.

„Ira? Das ist ja ein Zufall. Wie geht es Dir und was machst Du hier?" fragte er

„Das was hier alle machen, einkaufen" sagte ich und lachte.
„War auch eine blöde Frage, aber ich bin so überrascht und erfreut Dich zu sehen!" antwortete Lothar.
Er sah immer noch verdammt gut aus. Nur seine Schläfen waren mittlerweile ergraut.
„Sag mal, hast Du Lust nach Deinem Einkauf einen Kaffee mit mir trinken zu gehen?" fragte er.

„Sorry, aber heute hab ich wenig Zeit", sagte ich.
Ich wollte nicht gleich zustimmen.
Erst einmal musste ich mir klar darüber werden, ob das eine gute Idee war.
„Schade. Gibst Du mir bitte deine Handy Nummer? Ich würde Dich gern anrufen!" überrumpelte mich Lothar.
Er tippte die Nummer in sein Handy ein und nahm mich in den Arm. „Bis hoffentlich bald. Ich hab Dir so viel zu erzählen!"
Ich nickte nur und streckte meine Hand aus:
„Ich brauch noch den Euro!" sagte ich.
Lothar lachte und kramte in seiner Hosentasche.
„Wenn das alles ist was Du brauchst bist Du ja bescheiden."

Ich nahm die Münze winkte ihm noch kurz zu und ging in den Supermarkt.

Als ich nach Hause ging musste ich nochmal an die Begegnung mit Lothar denken. Ausgerechnet jetzt lief er mir über den Weg. Vor ein paar Wochen hätte ich mich sehr gefreut und einem Date entgegen gefiebert. Jetzt hatte ich ein schlechtes Gewissen, dass ich überhaupt daran dachte.
Zuhause angekommen packte ich meine Einkäufe in den Kühlschrank und in die Vorratskammer.
Ich hatte sogar eine teure Flasche Sekt für das Wochenende mit Robert gekauft. Ich wollte etwas Schönes kochen und ihn verwöhnen. Er hatte mich so oft eingeladen, dass es mir schon unangenehm war.

Als das Telefon klingelte dachte ich spontan, dass Lothar die Nummer ausprobieren wollte, aber es war Robert.
„Wie geht es Dir meine Süße?" fragte er mit seinem charmanten hessischen Dialekt. Ich berichtete, dass ich gerade für unser Wochenende einkaufen war als er mich unterbrach: „ Deswegen rufe ich gerade an. Ich kann leider nächstes Wochenende nicht nach Köln kommen. Ich muss Tischtennis spielen. Die brauchen mich in einer anderen Mannschaft. Dort ist jemand wegen Krankheit ausgefallen."

Ich schluckte und war sehr enttäuscht. „Möchtest Du zu mir kommen? Du könntest ja mit dem Zug fahren!" fragte Robert

„Ich überlege es mir", sagte ich. „Ich schaue mal im Internet nach den Fahrkarten und sage Dir später Bescheid."

Wir unterhielten uns noch eine Weile. Als ich aufgelegt hatte nahm ich mein Laptop, um nach den Fahrkarten zu schauen. Meine Güte waren die am Wochenende teuer! Das sprengte meinen finanziellen Rahmen und ich wollte mir die Fahrkarten nicht von Robert bezahlen lassen.

Dann sehen wir uns eben mal ein Wochenende nicht. Das würde sowieso immer mal wieder passieren. Ich war trotzdem traurig und machte mir erstmal die Flasche Sekt auf, die ich für das Wochenende gekauft hatte.

Ich nahm mir ein Glas und setzte mich auf den Balkon. Die Sonne kam gerade hinter der Häuserreihe zum Vorschein und ich machte es mir auf meiner Gartenliege bequem. So ließ es sich aushalten.

Der Sekt und die Wärme machten mich müde und ich schlief ein.

Das Klingeln des Handys riss mich aus dem Schlaf. Kurzzeitig wusste ich nicht wo ich war und musste mich erstmal sammeln. „Hallo?" nuschelte ich in den Hörer und am anderen Ende sagte Jemand „Ira? Bist Du das?" Ich erkannte Lothars Stimme und sagte: „Nein Sie sind mit dem Amt für müde Singles in der Kölner Südstadt verbunden."

Kurze Pause, dann ein lautes Lachen. „Du bist ein verrücktes Huhn. Aber seit wann bist Du denn Single?"

Erst jetzt fiel mir ein, dass ich Lothar das letzte Mal gesehen hatte als ich noch verheiratet war. Was in der Zwischenzeit alles passiert war konnte er ja gar nicht wissen.

„Ich bin schon seit einigen Jahren geschieden und vor kurzem ist meine letzte Partnerschaft in die Brüche gegangen. Du und Deine Frau seid kurz bevor ich mich von meinem Ex Mann getrennt habe, weg gezogen.

„Ich bin auch geschieden", kam Lothars Antwort. „Aber erst seit letztem Jahr. Es passte aber schon länger nicht mehr."

„Das tut mir leid. Wohnst Du nicht mehr in Brühl?" Das war der Ort wo Lothar mit seiner Frau hingezogen war.

„Ich wohne jetzt wieder in Köln. Ich habe ein kleines Appartement in Klettenberg.

„Das ist ja ganz in meiner Nähe." informierte ich ihn.

„Ich würde Dich gern wiedersehen. Ich mochte Dich schon immer, sehr sogar." sagte Lothar.

Ich war immer noch etwas verschlafen und antwortete deshalb: „Wir können morgen nochmal telefonieren. Ich weiß nicht ob ich am Wochenende in Köln bin. Ich muss noch etwas klären."

Ich wollte erst nochmal mit Robert sprechen, ob er nicht doch am Wochenende nach Köln kam, oder ich zu ihm fahren würde. Außerdem wollte ich mir auch klar darüber werden, ob es eine gute Idee war, mich mit Lothar zu treffen. Auf der anderen Seite war ich neugierig was er zu erzählen hatte.

„Ruf einfach an wenn Du weißt ob Du Zeit hast, ich bin flexibel", antwortete Lothar und wir verabschiedeten uns.

Am Abend rief Robert nochmal an. Das er am Wochenende nach Köln kam war unwahrscheinlich. Das Tischtennis Turnier und eine Verabredung mit seinen Söhnen am Sonntag waren geplant.

Er bot mir an, wie ich schon vermutet hatte, mir die Zugfahrkarte zu bezahlen. Ich lehnte aber ab, weil ich mich nicht immer einladen lassen wollte. Zudem würde er sowieso nicht viel Zeit für mich haben.

Also sagte ich: „Mach Dir keine Gedanken. Genieße das Wochenende mal mit Deinen Team Kollegen und Deinen Söhnen. Wir sehen uns dann am nächsten Wochenende."

„Bist Du sicher? Ich vermisse Dich und habe jetzt ein schlechtes Gewissen", antwortete Robert.

„Das musst Du nicht. Ich vermisse Dich auch, aber wir wissen doch Beide, dass eine Fernbeziehung schwierig ist. Da müssen wir jetzt durch."

Wir telefonierten noch bis mein Akku leer war. Ich konnte gerade noch Gute Nacht sagen und dann war das Handy tot.

Ich nahm mir noch ein Glas Sekt und schaltete den Fernseher ein. Ich war noch nicht müde, weil ich am Nachmittag geschlafen hatte.

Mir gingen viele Dinge durch den Kopf und ich bekam wenig von dem Krimi mit, der im Nachtprogramm lief.

Wie sollte das mit Robert weiter gehen? War es ein Vertrauensbruch mich mit einem anderen Mann zu treffen? Auf der anderen Seite wusste ich auch nicht was Robert machte. Ich wollte es auch gar nicht wissen. Eifersucht und Kontrolle lagen mir schon immer fern.

Was war auch dabei mich mit Jemanden zum Kaffee zu verabreden? Ich war glücklich mit Robert und ich mochte Lothar. Ich nahm mir vor ihn am nächsten Tag anzurufen.

Ich trank mein Glas leer und ging ins Bett.

Als ich am nächsten Tag nach der Arbeit nach Hause ging war ich total erschöpft. Am Vormittag gab es einen Notfall und die Sprechstunde verzögerte sich bis weit in die Mittagspause. Ich hatte Hunger und freute mich auf meine Couch. Ich nahm mir eine Pizza von meinem Lieblingsimbiss mit und setzte mich auf den Balkon. Ich nahm mir ein Riesenstück von der Pizza und verschlang sie voller Heißhunger.

Auf einmal steckte Tim seinen Kopf um die Ecke und meinte: „ Lecker Pizza. Hab ich einen Hunger!" Er griff beherzt zu. „Ich dachte Du bist unterwegs?" sagte ich und sah meiner Pizza traurig hinterher. „Ich fahr gleich zur Uni. Ich bin heute Nachmittag als Tutor eingesetzt. Hab noch Zeit für einen Snack." sagte Tim. Ich schnappte mir schnell noch ein Pizzastück bevor Tim sie endgültig als sein Eigentum ansah.

Als Tim gegangen war, räumte ich die Wohnung auf, sortierte die Wäsche und steckte einen Teil in die Waschmaschine. Ich putzte das Bad und setzte mich später, mit dem letzten Glas Sekt aus der Flasche, müde aber zufrieden auf die Couch. Ich hatte gerade den ersten Schluck getrunken als mein Handy klingelte. Ich rechnete eigentlich mit Roberts Anruf aber diesmal war es Lothar.

„Ich glaube Du hättest mich nicht angerufen. Deshalb gehe ich jetzt auf Nummer sicher. Wann hast Du Zeit?" legte er gleich los.
Ich wollte mich rechtfertigen und ihm sagen, dass ich bis jetzt gearbeitet hatte und mich später melden wollte.
Er redete aber einfach weiter: „Sag bitte nicht nein. Ein Treffen zu einem Kaffee oder ein Glas Wein mit dem Ex-Nachbarn sollte doch möglich sein!" bettelte er.
„Halte mal die Luft an", lachte ich. „Geduld ist wohl immer noch nicht deine Stärke."
Ich erinnerte mich, dass er mich früher auch schon zu einem Treffen überreden wollte. Jetzt witterte er wohl eine zweite Chance.
„Lothar, sei mir nicht böse. Wir können gern einen Kaffee zusammen trinken gehen. Aber das wird kein Date. Ich habe Jemanden kennengelernt. Eigentlich bin ich kein richtiger Single mehr. Das solltest Du wissen."

Es entstand eine unangenehme Pause.
„Irgendwie haben wir ein schlechtes Timing. Aber so eine tolle Frau wie Du ist halt nicht lange auf dem Markt. Entschuldige die Ausdrucksweise. Du weißt was ich meine." sagte er resigniert.

Ich freute mich über das Kompliment. Welche Frau hört so etwas nicht gern? Und seine tiefe Stimme verunsicherte mich. Schon früher hatte er mich nervös gemacht.

„Schenk mir doch dieses eine Date. Ich versuche auch Dich nicht zu verführen", sagte Lothar. „Versprochen?" fragte ich, aber ich wusste im gleichen Augenblick, dass er es trotzdem tun würde.
Ich wusste auch, dass ich meine Beziehung mit Robert nicht gefährden würde. Aber hatten wir denn eine? Ich war manchmal so unsicher. Nach meinen negativen Erfahrungen in der letzten Zeit zweifelte ich manchmal an meiner Menschenkenntnis. Wer weiß, ob Robert nicht doch zur Mutter seiner Söhne zurückging. Oder ob er nicht noch mehrere Internet Bekanntschaften hatte.
Ich fühlte mich in einer Sackgasse. Ich war wirklich verliebt in Robert aber ich hatte furchtbare Angst vor einer weiteren Enttäuschung.

„Morgen um 20 Uhr an der Severins Torburg. Lass uns irgendwo ein Glas Wein trinken und uns gegenseitig unser Leid klagen!" versuchte ich lustig zu sein.
„Ich bin da und ich hoffe Du sagst nicht vorher ab. Ich freue mich total", sagte Lothar und legte ohne meine Antwort abzuwarten wieder auf.

Als ich mich am Freitagabend anzog, um mich mit Lothar zu treffen, wählte ich bewusst ein sportliches Outfit. Ich wollte ihn nicht mit einem sexy Kleid auf dumme Gedanken bringen.

Ich hatte kurz vorher noch einmal mit Robert
telefoniert. Er war auf dem Weg zur Sporthalle und
hatte wenig Zeit. Ich wollte ihm von meiner
Verabredung erzählen, kam aber nicht mehr dazu.

Ich zog eine Jeans und eine weiße Bluse an, dazu
Sneakers. Ich warf meine große Lieblingstasche
über die Schulter und ging zur Bushaltestelle.
Im Bus hörte ich Musik vom Handy um mich
abzulenken. Ich war tatsächlich etwas nervös.
Nicht wegen dem Treffen an sich, sondern weil ich
etwas Heimliches machte.
Als ich am Chlodwigplatz ausstieg, sah ich Lothar
schon am Treffpunkt stehen. Er hatte tatsächlich
eine rote Rose in der Hand.
Als er mich sah kam er mir entgegen und strahlte
über das ganze Gesicht:
„Ich freue mich So Dich zu sehen, ich war heute
richtig aufgeregt."
„Warum das denn? Das ist doch kein Date sondern
nur ein Treffen alter Bekannter." Ich sagte bewusst
nicht Freunde und versuchte gleich, ihm klar zu
machen, dass ich nicht mehr wollte, als mit ihm ein
Glas Wein zu trinken und über alte Zeiten zu
sprechen.
„Du siehst zum Anbeißen aus!" flüsterte er mir ins
Ohr und ich bekam eine Gänsehaut.

Er sah verdammt gut aus mit seiner hellen Jeans
und einem saloppen Shirt. Der Dreitagebart machte
ihn sehr maskulin.

Ich verdrängte den Gedanken, hakte mich bei ihm ein und fragte: „Wohin sollen wir gehen? Hast Du einen Plan?"
„Am liebsten zu mir nach Hause!" lachte Lothar sagte dann aber direkt „Das war ein Spaß. Ich denke wir gehen in die *Wunderbar*. Was sagst Du zu einem Cocktail?"

„Ich würde gern vorher eine Kleinigkeit essen gehen. Ich habe heute nur gefrühstückt und müsste sonst nach dem ersten Getränk gleich wieder nach Hause fahren", grinste ich. „Ich lade Dich zu einem Spanferkelbrötchen in der Altstadt ein. Lass uns zu Fuß gehen. Ich brauche etwas Bewegung."
„Gute Idee, könnte von mir sein", antwortete Lothar und wir schlenderten Richtung Altstadt.

Er erzählte mir, dass er seit seiner Trennung ein kleines Appartement ganz in meiner Nähe gemietet hatte, jetzt aber nach einer größeren Wohnung suchte. Der Kontakt zu seiner Ex Frau war komplett abgebrochen. In den letzten Monaten hatte er sich in die Arbeit gestürzt und sei jetzt an einem Punkt den manche „Burnout" bezeichnen würden. „Es ist Zeit für eine Veränderung, ich brauche erstmal Urlaub und Tapetenwechsel. Das Appartement ist definitiv zu klein und war nur eine Übergangslösung."
„Ich habe mich in meiner kleinen Wohnung direkt wohl gefühlt. Die Nähe zur Arbeit und zu allen Geschäften, Kneipen und öffentlichen Verkehrsmitteln ist ideal." sagte ich.

„Wie lange wohnst Du denn schon dort?" wollte Lothar wissen.
„Noch nicht lange, erst ein paar Monate", antwortete ich. „Vor kurzem ist mein Sohn bei mir eingezogen. Er ist aber immer nur auf Stippvisite da. Er ist oft bei Freunden und ab und zu auch noch bei seinem Vater. Aber ich bin froh, dass ich ihn wieder um mich habe. Der mütterliche Kontrollzwang kommt manchmal doch noch durch", gab ich lächelnd zu.

„Kaum zu glauben was aus dem kleinen pummeligen Jungen geworden ist!" sagte Lothar als ich ein Foto aus dem Portemonnaie zog.
Ich lachte: „ Da hast Du Recht. Wahnsinn wie schnell die Zeit vergangen ist."
„Du hast Dich kaum verändert. Vielleicht sind da ein paar Lachfältchen mehr, aber Du siehst wirklich gut aus", meinte Lothar als wir über den Heumarkt gingen.
„Das Kompliment kann ich nur zurückgeben. Du bist auch immer noch ein sehr attraktiver Mann."
Er legte den Arm um mich und meinte: „Wir wären ein schönes Paar!" Ich sah in an und antwortete: „Du weißt doch, dass es Jemanden in meinem Leben gibt. Ich bin vergeben!"
Er schmunzelte und sagte: „Der Versuch ist doch nicht strafbar. Außerdem glaube ich nicht, dass eine Fernbeziehung eine Zukunft hat. Oder will Dein Freund nach Köln ziehen?"
Da hatte er meinen wunden Punkt getroffen. Ein Umzug von Robert nach Köln war erstmal nicht möglich. Das hatte er mehrfach gesagt.

Ich lenkte ab und sagte: „Ich hab jetzt richtig Hunger."

Ich steuerte auf die Salzgasse zu. Als wir beim Imbiss angekommen waren, stand schon eine Schlange an, um sich die in Köln bekannten und leckeren Spanferkelbrötchen zu bestellen. Wir stellten uns hinten an und warteten eine Weile bis wir an der Reihe waren. Mit unserem Brötchen und einer Flasche Kölsch gingen wir zum Rheinufer und setzten uns dort auf eine Bank. „Prost!" sagte Lothar und nahm einen großen Schluck aus der Flasche.

„Auf einen schönen Abend", sagte er als er mir die Flasche reichte und ich musste lachen. „Guten Appetit!" antwortete ich und biss dann herzhaft in mein Brötchen.

Ein Abend in der Altstadt ohne diesen Snack gab es bei mir nicht. Egal wie spät es war, oder ich eigentlich keinen Hunger hatte. Das war meine ganz persönliche Tradition.

Wir saßen in der Sonne und beobachteten die Menschen, die den warmen Abend genossen. Touristen stürmten die Rheinschiffe oder überboten sich beim Fotografieren der Altstadt und des Doms. Wir tranken abwechselnd aus der Bierflasche und mir ging es gut. Ich fühlte mich wohl und mir wurde gerade bewusst, dass ich mich in Lothar Gegenwart schon immer als etwas Besonderes gefühlt hatte. Er hatte diesen Blick, der einer Frau das Gefühl gab, einzigartig zu sein. Er schaute mir in die Augen und ich wurde unsicher. Ich stand auf und warf das

Papier, in dem das Spanferkelbrötchen eingewickelt war, in den nächsten Papierkorb.

„Jetzt machen wir Köln unsicher!" rief ich und griff Lothars Hand. „Komm alter Mann, wir zeigen der Jugend mal wie man Party macht!"

Wir landeten in einem Irish Pub, in dem Live Musik gespielt wurde. Es herrschte eine ausgelassene Stimmung und nach zwei Bier sangen wir die Lieder mehr laut als gut mit.

Lothar flüsterte mir ins Ohr: „Du bist großartig. Du hast so eine Lust am Leben und bist völlig unkompliziert. Ich liebe das..."

Weil es so laut in dem Pub war, hatte ich zuerst verstanden „Ich liebe Dich." Jetzt war ich froh, dass ich mich anscheinend verhört hatte.

Ich prostete Lothar zu und konzentrierte mich wieder auf die Band, die richtig gute Musik machte.

Lothar stand hinter mir und legte seine Arme um meine Hüfte. So bewegten wir uns leicht zur Musik.

Als mir der Körperkontakt zu innig wurde drehte ich mich um und sagte: „Versuch nicht mich zu verführen, dass wird Dir nicht gelingen."

Lothar sah mir in die Augen und sagte: „Hat Dir schon mal Jemand gesagt, dass Du einen kleinen goldenen Fleck in Deinem schönen rechten blauen Auge hast?"

Er grinste.

„Ich kenne Dich gut und weiß, dass Du keine Frau für einen One Night Stand bist. Ich genieße einfach nur deine Nähe."

„Braver Lothar!" antwortete ich und bestellte uns einen irischen Whisky. „Auf die Freundschaft und das Leben!"

„Und auf den Zufall, dass wir uns wieder gefunden haben." Lothar stieß sein Glas gegen meins und wir tranken unseren Whisky.

Der Abend wurde sehr schön. Wir blieben in dem Pub, weil die Stimmung grandios war und wir keine Lust mehr hatten noch weiter zu ziehen.
Weit nach Mitternacht wurde ich müde. Der Whisky und die mittlerweile schlechte Luft bescherten mir Kopfschmerzen.
„Ich glaube ich hab genug für heute. Mein Schädel brummt jetzt schon und es ist schon spät." sagte ich.
Lothar bezahlte die Rechnung und ich steckte ihm heimlich zwanzig Euro in die Jackentasche.
Das war meine Devise. Ich beteiligte mich immer, wenn es ging, an der Rechnung. Eben nach meinen Möglichkeiten. Ich brauchte aber auch noch etwas Geld für das Taxi.
Lothar brachte mich noch bis an den Taxistand und öffnete mir die Beifahrertür.
„Danke für den wunderschönen Abend." Er küsste mich auf beide Wangen und sagte noch:
„Gib mir mal Deine Hand!" Ich streckte sie aus und er legte mir den Zwanzig Euro Schein hinein.
„Meinst Du, ich hätte Deinen dilettantischen Versuch nicht bemerkt?" Er lachte laut und streichelte über meine Haare.
„Komm gut heim und schlaf schön", sagte ich. Als das Taxi um die Ecke bog war er schon in der Dunkelheit verschwunden.

Als ich nach Hause kam, nahm ich mein Handy, um es auf lautlos zu stellen. Jetzt erst sah ich das Robert achtmal versucht hatte, mich zu erreichen. Zwei Nachrichten waren auf der Mailbox gespeichert.

Er hatte nach dem Tischtennis Spiel angerufen. Er wollte wissen was ich mache und wie es mir geht. Die zweite Nachricht klang besorgt und er bat mich, ihn zurück zu rufen.

Ich war hundemüde und schrieb nur eine Nachricht: „Bin gerade erst nach Hause gekommen und gehe direkt ins Bett. Ich melde mich morgen. Gute Nacht mein Schatz!"

Am nächsten Morgen wurde ich früh durch das Klingeln des Telefons geweckt. Ich hatte doch vergessen es lautlos zu stellen. Ich musste mich erstmal orientieren. Als ich endlich das Handy in die Hand nahm, hatte der Anrufer bereits wieder aufgelegt. Ich schaute in die Anruferliste und sah, dass Robert wieder versucht hatte mich zu erreichen.

Ein Blick auf die Uhr zeigte mir, dass es erst kurz vor acht war. Da hatte Jemand wohl Sehnsucht oder ein schlechtes Gewissen, dass er am Wochenende keine Zeit für mich hatte.

Ich war noch total müde und drehte mich nochmal um. Aber leider wurde nichts mit Ausschlafen, denn zehn Minuten später klingelte das Telefon erneut. Ich stöhnte und meldete mich etwas ungehalten.

„Hab ich Dich geweckt?" hörte ich Roberts Stimme.

„Ich bin noch im Bett, aber schlafen kann ich natürlich jetzt nicht mehr. Du bist aber früh dran heute Morgen!" brummte ich.

„Ich hab mir Sorgen gemacht, weil Du gestern Abend nicht erreichbar warst. Wo bist Du denn gewesen?" fragte Robert neugierig.

Ich überlegte kurz, aber ich wollte nicht lügen.

„Ich hab letzte Woche einen früheren Nachbarn nach Jahren wieder getroffen. Er hat mich auf ein Bier eingeladen!"

„Das war ja wohl ein langer Abend. Hattet ihr Euch viel zu erzählen?" Roberts Stimme klang beleidigt.

„Wenn man sich jahrelang nicht gesehen hat, gibt es immer viele Neuigkeiten. Und Du hattest ja keine Zeit am Wochenende. Allein zuhause sitzen wollte ich auch nicht", sagte ich, stand auf und ging ins Wohnzimmer, um mir ein Glas Wasser einzuschütten.

Robert sagte erstmal nichts und ich fragte: „Bist Du noch dran?" Ich hörte wie er durchatmete und dann sagte er: „Ich verstehe Deinen Vorwurf nicht. Es wird sicher noch öfter vorkommen, dass ich oder Du am Wochenende etwas anderes vor hat und wir uns nicht sehen können. Ich habe Dich vermisst und ich hoffe, dass Du nicht böse auf mich bist."

„Ich bin nicht böse, ich war enttäuscht und das ist ja wohl normal. Ich habe nur manchmal Angst, dass Du vielleicht ein Parallelleben hast."

„Jetzt bist Du unfair. Meinst Du, ich hätte Dich schon meiner Familie vorgestellt, wenn es mir nicht Ernst mit uns wäre."

„Sorry aber Du wärst nicht der Erste, der mich hintergangen hat. Ich bin kein Typ, der einen Mann kontrolliert. Aber auf die Distanz hätte ich ja noch nicht mal die Gelegenheit."

„Ich rufe später nochmal an, wenn Du bessere Laune hast. Du solltest noch etwas Schlaf nachholen", sagte Robert und legte auf.

Mir war es Recht. Ich ging wieder ins Schlafzimmer, ärgerte mich noch kurz über das Telefonat und schlief gleich wieder ein.

Ich schlief bis kurz vor Mittag und schaute gleich auf mein Handy. Robert hatte noch nicht wieder versucht mich zu erreichen. Dafür hatte ich aber eine Nachricht von Lothar bekommen.

„Na Du Süße, ich wollte Dir nur sagen, dass es gestern ein wunderschöner Abend war. Danke dafür!"

Ich lächelte und schrieb zurück, dass ich den Abend genauso genossen hätte und wünschte ihm ein schönes Wochenende.

Ich ging in die Küche um mir einen Kaffee zu kochen. Das hätte ich besser nicht getan. Tim hatte wohl gestern Abend Besuch und hatte für die Dame gekocht. Ein Glas mit Lippenstiftrand und ein Berg Geschirr in Zugspitzhöhe türmte sich in der Spüle. Ich knirschte mit den Zähnen und versuchte eine saubere Tasse aus dem Küchenschrank zu angeln. Ich füllte die Kaffeemaschine mit Wasser und Kaffeepulver als Tim in der Küchentür erschien. Er grinste und kratzte sich verlegen am Kopf.

„Keine Sorge Mum, ich mache die Küche gleich sauber. Gibt's vorher auch einen Kaffee für mich?"

Ich nahm die letzte saubere Tasse aus dem Schrank und fragte: „Ist die Lady noch da und möchte sie auch einen Kaffee?"
„Ich hätte Dich gefragt, wenn sie hier übernachten würde. Außerdem kenne ich sie erst ganz kurz. Zu früh für Bed and Breakfast." Er lachte.
„Hattet ihr einen schönen Abend?" wollte ich wissen. Tim nickte und goss uns den Kaffee ein.
„Du auch?" fragte Tim und wollte noch wissen mit wem ich unterwegs war.
„Kannst Du Dich noch an unseren früheren Nachbarn Lothar erinnern. Ich habe ihn zufällig wieder getroffen."
„Klar weiß ich noch wer das ist. Der war doch früher schon hinter Dir her", sagte Tim und zwinkerte mir zu.
„Das hast Du damals schon mitbekommen?" wunderte ich mich. „Der Abend war aber wirklich sehr schön. Lothar ist mittlerweile auch geschieden und ist ganz schön gestresst. Ich glaube der ist reif für die Insel."
„Und auf die Insel sollst Du ihn jetzt sicher begleiten? Was sagt denn Robert zu eurem Treffen?" wollte Tim wissen.
„Ich wollte es ihm sagen, aber er war bei unseren letzten Telefonaten so kurz angebunden, dass ich nicht dazu gekommen bin. Heute Morgen habe ich es ihm dann gesagt und er war beleidigt."

Tim brummte etwas und sagte dann: „War vielleicht auch nicht besonders geschickt. Er ist sicher eifersüchtig."

„Glaube ich auch, aber weiß ich was er so am Wochenende treibt? Diese Distanz ist echt übel. Ich weiß nicht, ob dass gut geht mit uns", antwortete ich resigniert.

„Gib ihm eine Chance. Robert ist ein netter Kerl und ich glaube er ist sehr aufrichtig."

Ich nickte und wusste, dass er Recht hatte. Aber irgendetwas saß ganz tief in mir und verunsicherte mich. Die letzten Monate mit meinen unschönen Erfahrungen konnte ich nicht ausblenden.

Etwas später hatte Tim die Küche wieder in den Ursprungszustand zurück versetzt und fuhr danach in die Stadt, um sich mit seiner neuen Flamme zu treffen.

Ich setzte mich auf den Balkon und hoffte Robert würde sich endlich melden. Ich hatte ein schlechtes Gewissen, weil ich so aufbrausend gewesen war.

Kurze Zeit später klingelte tatsächlich das Telefon. Es war Lothar.

„Na? Ausgeschlafen und fit für ein weiteres Date?" fiel er mit der Tür ins Haus. „Hast Du Lust auf einen Spaziergang im Forstbotanischen Garten? Das Wetter ist doch ein Träumchen."

Ich musste lachen und hatte wirklich Lust auf Natur und ein bisschen Bewegung.

„Super Idee, ich muss mal raus an die frische Luft. In einer Stunde am Haupteingang?"

„Ich bin da. Freue mich total. Tschöö!" kam es von Lothar und er legte auf.

Ich zog mir eine Shorts und ein Ringelshirt an und schnappte mir Tasche und Sonnenbrille.
Ich fuhr mit dem Rad durch den Grüngürtel und war etwas zu früh am Treffpunkt. An einem Kiosk kaufte ich mir noch ein Eis und setzte mich auf eine Bank nahe des Eingangs. Ich hatte gerade den letzten Rest der Eiswaffel gegessen als Lothar auf den Parkplatz bog.
„Ich bin schneller mit dem Fahrrad als Du mit Deiner Karre", lachte ich und wir umarmten uns.
Er hatte eine legere Hose und ein Leinenhemd an und sah verdammt sexy aus.

Wir hakten uns ein und schlenderten durch die schön angelegte Parkanlage des Forstbotanischen Gartens. Hier war es schattig und es herrschte eine wohltuende Ruhe. Auf den Bänken saßen vereinzelt Spaziergänger oder knutschende Pärchen. In der Mitte des Parks gab es freilaufende Pfauen und jede Menge Eichhörnchen, die ganz zutraulich waren. Wir unterhielten uns über den letzten Abend und Lothar berichtete, dass sein Chef ihn mit immer mehr Arbeit zuschüttete.
Er war jetzt an einem Punkt, wo es Zeit wurde die Bremse zu ziehen. Er dachte an eine generelle Veränderung. Er hatte genug Geld zurückgelegt um sich eine Auszeit zu gönnen.

Lothar nahm plötzlich meine Hand und schaute mir ganz tief in die Augen. Ich wurde nervös.
„Ich habe mich wieder in Dich verliebt. Oder war es eigentlich immer. Ich weiß nur, dass ich seit langer

Zeit wieder Schmetterlinge im Bauch habe und mich einfach nur wohl fühle." sagte er.

Ich schaute auf den Boden und wusste nicht was ich sagen sollte. Ich fühlte mich auch zu ihm hingezogen, aber mehr zu der Tatsache, dass er ein Charmeur war und eine Frau auf Händen trug. Aber war ich verliebt? Bei Robert hatte ich intensive Gefühle und wollte immer in seiner Nähe sein. Das fühlte ich bei Lothar nicht.
„Es ist schön, dass Du Dich in meiner Nähe wohl fühlst und mir geht es auch so. Aber das heißt nicht unbedingt, dass Du verliebt bist. Außerdem weißt Du, dass ich nicht mehr als Freundschaft möchte."
Er nickte und streichelte über meine Arme.
„Es wird für mich nicht besser wenn Du es dauernd wiederholst."
„Besser nicht, aber ehrlich!" sagte ich und wir gingen langsam weiter. Wir gingen eine Weile über eine Wiese als Lothar plötzlich fragte: „Warum könnte aus uns nichts werden? Was stört Dich an mir?"

„Mich stört nichts an Dir, außer der Tatsache, dass ich in einer Beziehung bin. Das lässt mich gar nicht darüber nachdenken was aus uns werden könnte."
Ich sah zu ihm hoch. Er schaute in den Himmel und stöhnte: „Du bist wirklich eine treue Seele!"
„Möchtest Du denn hintergangen werden?" stellte ich die Gegenfrage.
Er schüttelte den Kopf. „Du hast ja Recht. Trotzdem bin ich enttäuscht. Ich glaube aber nicht an eine

Freundschaft zwischen Mann und Frau. Dazu hab ich auch zu viele Gefühle."
Das hatte ich schon mal gehört. „Und was machen wir jetzt?" fragte ich.
„Jetzt gehen wir erstmal wieder zurück zum Parkplatz. Ich werde Dich immer mal wieder anrufen, wenn ich darf. Ich möchte zur Stelle sein, falls es doch nichts mit Deinem jetzigen Freund wird."
„Verrückter Kerl" sagte ich und wir Beide mussten lachen.

Als ich wieder zuhause ankam war ich verwirrt. Ich hätte mich nicht mehr mit Lothar treffen sollen.
Ich hatte jetzt gegenüber ihm und Robert ein schlechtes Gewissen. Irgendwie musste ich mir eingestehen, dass es mir schon gefallen hatte, wie er mich mit Komplimenten überhäuft hatte.
Er gab einem das Gefühl der Einzigartigkeit. Aber ich hatte ihn auch als Ersatz für Robert missbraucht.
Mit diesem Gedanken schloss ich die Wohnungstür auf. Es war stickig und ich öffnete erstmal alle Fenster und die Balkontür. Die Abendluft war jetzt angenehm kühl. Ich zog mir eine dünne Strickjacke an und setzte mich auf den Balkon. Ich hatte mein Handy nicht mitgenommen und schaute jetzt nach, ob Robert sich gemeldet hatte.
Keine Nachricht und kein verpasster Anruf. Da war Jemand richtig sauer. Oder doch wie ich vermutet hatte? Eine andere Internetbekannte die wichtiger war? Oder die Rückkehr zu seiner Frau?

Es spielten sich alle möglichen Varianten in meiner Phantasie ab und ich wurde zuerst traurig und dann sauer. Sollte Robert doch bleiben wo der Pfeffer wächst. Diese ganzen Internet-Typen sind doch alle gleich.

Ich nahm mir ein Glas Rotwein und eine Decke und machte es mir wieder auf dem Balkon gemütlich.

Auf die Idee, Robert selber zurück zu rufen, kam ich nicht. Ich hatte nichts Falsches gemacht und ehrlich gesagt, dass ich mich mit einem früheren Nachbarn getroffen hatte.

Ich trank einen Schluck Rotwein und dann musste ich mir etwas eingestehen. Ich hätte es auch nicht toll gefunden, wenn Robert nicht zum Tischtennis gegangen wäre, sondern sich mit einer Ex-Nachbarin verabredet hätte.

Ich nahm mein Handy und schrieb eine Nachricht: „Ich habe bessere Laune. Rufst Du mich zurück?"

Es wurde mir zu kalt auf dem Balkon. Ich setzte mich an den Esstisch, um etwas im Internet zu surfen. Ich schaute in meine Emails und konnte es kaum fassen. Ich hatte eine E-Mail von Andreas bekommen. Ihr erinnert euch? Meine verheiratete Nervensäge aus Porz!

Er hatte mir geschrieben, dass seine Frau sich von ihm getrennt hatte. Endlich! Die arme Frau hatte er oft genug hintergangen. Ich gratulierte ihr in Gedanken. Er schrieb weiter, er sei jetzt frei und ich hoffentlich auch noch. Einem Neuanfang stünde nichts im Wege.

War dem etwas auf den Kopf gefallen? Wie kam er auf die Idee, dass ich nur auf ihn gewartet hatte.

Ein typischer Fall von Selbstüberschätzung. Ich hatte noch nicht einmal Lust darauf zu antworten und löschte die E-Mail.

Ich schüttete noch wütend den Kopf als plötzlich das Handy brummte. Ich hatte es auf Vibration gestellt und sprang jetzt schnell auf, weil ich hoffte das Robert zurück rief.
„Hallo mein Schatz!" sagte er als ob nichts gewesen wäre. Er erwähnte unseren kleinen Streit mit keinem Wort und ich war erleichtert. Ich rechnete es ihm hoch an, dass er nicht nachtragend war.
„Was machst Du heute Schönes?" wollte er noch wissen. Er versuchte auf diesem Wege zu erfragen ob ich mich wieder mit Lothar treffen würde. Ich musste schmunzeln.
„Ich bin zuhause und mache es mir gemütlich. Für morgen hab ich noch nichts geplant. Vielleicht fahre ich mal zu meinen Eltern." antwortete ich. „Wie war Dein Tischtennis Turnier?"

„Wir sind Zweiter geworden. Ich habe alle meine Spiele gewonnen." Ich hörte förmlich wie stolz Robert war.
Wir unterhielten uns noch eine Weile. Robert wollte sich morgen, am Sonntag mit seinen Söhnen treffen. Er fragte nach Tim und seinem Studium und ich merkte, wie sehr er mir fehlte. Gern hätte ich ihn jetzt bei mir gehabt und das sagte ich ihm auch.

„Ich habe auch große Sehnsucht nach Dir und habe mir etwas überlegt. Was hältst du davon im Herbst

mit mir nach Spanien zu fliegen. Ich habe schon
nach günstigen Flügen geschaut." sagte Robert
Ich hatte Ende September noch eine Woche Urlaub
und Lust auf Sonne und Meer hatte ich sowieso.
„Das wäre ein Traum. Ich war schon ewig nicht
mehr im Süden und am Meer." schwärmte ich.

Außerdem könnten wir mal ausprobieren ob wir uns
auch vertragen, wenn wir länger als ein
Wochenende zusammen sind." sagte Robert und
lachte. „Es wird Dir dort sicher gefallen."

In Gedanken fing ich schon an meinen Koffer zu
packen und mein Herz hüpfte voller Vorfreude auf
einen richtigen Urlaub.
In der Praxis hatten wir zuletzt unser Trinkgeld
aufgeteilt. Meinen Anteil konnte ich jetzt für den
Flug verwenden. Ich danke hiermit allen Patienten,
die das gesponsert hatten.

In diesem Moment klingelte es an meiner Tür. Ich
verabschiedete mich von Robert und betätigte den
Türdrücker. Ich dachte es sei Tim, der seinen
Schlüssel vergessen hatte. Umso mehr erschrak ich
als Andreas die Treppe hochkam.
Vor Schreck schlug ich ihm die Tür vor der Nase zu
und versuchte meinen Puls unter Kontrolle zu
bekommen.
Ich hörte Andreas Stimme, die bettelte: „Mach bitte
auf. Ich möchte mit Dir reden. Du beantwortest
Deine E-Mails nicht."

„Lass mich in Ruhe!" rief ich durch die Tür. „Es hat seinen Grund warum ich Dir nicht geantwortet habe."

„Ich möchte Dir etwas erklären, lass mich nicht so hier in Treppenhaus stehen!" kam die fordernde Antwort von Andreas.

„Ich hab Dich nicht eingeladen. Verschwinde, sonst rufe ich die Polizei!" antwortete ich wütend.

Kurz darauf wurde es ruhig im Treppenhaus und ich schaute vorsichtig durch den Türspion. Keiner zu sehen. Ich atmete auf und ging ins Wohnzimmer. Was sollte ich machen? Ich war beunruhigt, denn bei Andreas musste man anscheinend mit allem rechnen.

Ich wollte Robert anrufen, entschied mich dann aber mit Stefan zu telefonieren. Er war ein Freund und auch noch Polizist. Er konnte mir sicher helfen.

Stefan ging direkt ans Telefon und rief erfreut: „Das ist ja eine Überraschung. Wie geht es Dir?"

Ich erzählte ihm von meinem Problem und das ich Angst hatte, dass Andreas zu einem richtigen Stalker wurde.

„Gib mir mal seine Handy Nummer. Den ruf ich mal an und zeig ihm mal seine Grenzen auf. Wenn der so weiter macht schicke ich ihm gern mal meine Kollegen vorbei!"

Ich sagte Stefan die Nummer und dankte ihm, dass er mir spontan helfen wollte.

„Das ist doch klar. Den Vogel nehme ich mir gern vor. Ich melde mich später bei Dir wenn ich Ihn erreicht habe."

„Du bist ein Schatz!" sagte ich und wurde langsam
wieder ruhiger.

Ich bekam Hunger und schaute in den Kühlschrank.
Die Auswahl war nicht besonders, aber ich traute
mich nicht einkaufen zu gehen. Erst wollte ich
Stefans Rückruf abwarten.
Also bestellte ich mir etwas beim Lieferservice und
nahm mir ein Glas Wein. Ich musste meine Nerven
beruhigen.
Als es kurze Zeit später an der Tür klingelte schrak
ich zusammen. Ich hoffte, dass es der Pizzabote
war, fragte aber trotzdem durch die Sprechanlage
erst einmal nach.
„Ihre Bestellung ist da!" sagte eine abgehetzte
Stimme und ich ließ den armen gestressten Boten
ins Treppenhaus. Ich nahm ihm die Pizza ab und
gab ihm ein schönes Trinkgeld. Er grinste, bedankte
sich artig und rannte gleich wieder die Treppe
hinunter.
Ich schloss schnell die Tür und warf mich auf die
Couch. Auf einen Teller verzichtete ich. Da ich
außer einer Scheibe Toast zum Frühstück und das
Eis im Forstbotanischen Garten noch nichts
gegessen hatte, schlang ich nun die Pizza mit
Heißhunger hinunter.
Danach war mir schlecht. Ob vor Aufregung oder
weil ich zu schnell gegessen hatte wusste ich nicht.
Wahrscheinlich eine Mischung aus Beidem.
Bei einem weiteren Glas Wein wartete ich nun ob
Stefan sich nochmal melden würde.
Ich schaltete den Fernseher ein um mich
abzulenken.

Es lief eine Abendshow in der Prominente mit Zuschauern im Wettbewerb waren.
Es war sehr lustig und ich vergaß eine Weile meine Sorgen. Als das Telefon klingelte schnellte mein Puls in die Höhe. Ich schaute vorsichtig auf die Nummer des Anrufers. Es wurde mir Stefans Name angezeigt. Ich nahm schnell ab.

„Hallo Prinzessin. So, das Thema sollte aus der Welt sein. Der Typ war eigentlich ganz einsichtig. Angeblich wollte er sich nur von Dir verabschieden. Er muss wohl in vier Wochen zu einem längeren Auslandseinsatz."
„Ich glaube dem mittlerweile noch nicht mal mehr die Uhrzeit." sagte ich. „Der hat mich schon früher dauernd belogen."
„Ich habe ihm gesagt, dass er beim nächsten ungewollten Kontakt mit Dir großen Ärger bekommt. Wenn Du ihn sehen willst, würdest Du Dich bei ihm melden.
Ist jetzt deine Entscheidung."
„Danke Stefan, aber lieber renne ich den ganzen Tag mit dem Kopf gegen die Wand."
Stefan lachte laut und meinte: „ Du kannst mich jederzeit anrufen. Ich bin immer für Dich da!"

Das beruhigte mich sehr und ich bedankte mich nochmal bei Stefan. „Ich halte Dich auf dem Laufenden!" sagte ich und verabschiedete mich.

Auslandseinsatz? Der Mann ließ aber auch nichts aus. Ich würde mich auf gar keinen Fall mehr mit ihm treffen. Bloß keine falschen Hoffnungen machen.

Als Robert spät abends nochmal anrief, um mir eine gute Nacht zu wünschen, erwähnte ich den Vorfall mit Andreas nicht. Ich wollte ihn nicht mit meiner Vergangenheit belasten und selbst auch nicht mehr ständig daran denken.

Ich schlief trotzdem schlecht in dieser Nacht. Tim war mit seiner neuen Freundin unterwegs und ich war allein. Früher hatte mir das nichts ausgemacht. Jetzt achtete ich auf jedes Geräusch. Mitten in der Nacht stand ich auf und schaute vorsichtig aus dem Fenster. Die Straße war menschenleer und weder von Andreas noch von seinem Auto war etwas zu sehen.

Ich schaute noch eine Weile, ob ich etwas entdecken würde. Da sah ich Tim in der Ferne auf unser Haus zu gehen. Ich legte mich wieder ins Bett. Als ich den Schlüssel in der Tür hörte, drehte ich mich um und schlief sofort wieder ein.

Am nächsten Morgen stand ich früh auf, zog mich an und holte Brötchen für ein Mutter-Sohn-Frühstück.

Ich kochte Kaffee und machte Rühreier. Von dem Duft geweckt erschien ein etwas zerzauster Tim im Türrahmen.

„Was für ein geiles Frühstück, fast wie im Hotel!" murmelte er, als er auf den Esszimmertisch deutete.

„Ist fast schon ein Brunch", lachte ich. „Ich wollte Dich ausschlafen lassen. War es spät gestern?"

Er sollte nicht wissen, dass ich wegen Andreas eine schlechte Nacht verbracht hatte und ich ihn vom Fenster aus gesehen hatte.

Wir setzten uns an den Tisch und ließen es uns gut gehen. Wir redeten nicht viel. Jeder war in seine eigenen Gedanken vertieft.

„Kommst Du heute mit zu Oma und Opa?" fragte ich ihn später. „Ich wollte sie heute mal wieder besuchen."

„Können wir machen. Wann wolltest Du denn hingehen?" Ich überlegte kurz und sagte dann: „Am Nachmittag. Ich habe gestern mit Oma telefoniert. Sie wollte Kuchen backen. Ist 16 Uhr o.k.?"

„Claro!" schmatzte Tim und nahm sich den Rest vom Rührei.

Als wir Beide dabei waren das Geschirr abzuräumen klingelte mein Telefon.

Ich zuckte zusammen.„Was ist denn mit Dir los?" frage Tim. „Du bist ja ganz blass."

Ich schüttelte nur den Kopf und ging an mein Handy. Es war Robert. Ich war erleichtert und scheuchte Tim aus dem Esszimmer. Er grinste und verzog sich in sein Zimmer.

Robert war auf dem Weg nach Frankfurt. Dort wollte er sich mit seinen Söhnen treffen. Sie wollten in Sachsenhausen Essen gehen. Dort konnte man typische hessische Spezialitäten bekommen. Bei der Vorstellung das Gericht Handkäs mit Musik essen zu müssen, drehte sich mir der Magen um.

„Ich wollte nur nochmal Deine Stimme hören!" sagte Robert. Dieses Wochenende ohne Dich, ist hoffentlich das Letzte für lange Zeit."
„Das hoffe ich auch", seufzte ich und erzählte ihm dann noch, dass ich später zu meinen Eltern fahren wollte.
„Grüß mal schön unbekannter Weise!" Bisher hatte es sich noch nicht ergeben, dass ich Robert meinen Eltern vorstellen konnte. Wir wollten das so schnell wie möglich nachholen.

Nachdem wir das Telefonat beendet hatten machte ich noch Ordnung in der Küche. Ich hatte noch etwas Zeit auf dem Balkon zu sitzen bevor Tim und ich zu meinen Eltern aufbrachen.
Im Biergarten gegenüber war die Hölle los. Alle Tische waren besetzt. Ich ließ meinen Blick über die Leute schweifen, die dort saßen und sich angeregt unterhielten.
Und wer saß dort an einem der Tische mit einer attraktiven Blondine? Fred, der Pilot aus dem Internet, der jedem Rock hinterher sah!
Er sah ja wirklich unverschämt gut aus und prostete gerade der Blondine zu.
Sie lachte und machte einen glücklichen Eindruck. Die Kellnerin kam und räumte die Teller ab. Und was soll ich sagen? Fred gab ihr einen Klaps auf den Po. Der Kerl war unverbesserlich. Die Blondine schien es nicht gemerkt zu haben und lächelte Fred weiterhin verliebt an. Der zog jetzt sein Portemonnaie heraus und bezahlte die Rechnung. Die Beiden tranken noch ihre Getränke aus und gingen dann Hand in Hand aus dem Biergarten.

Ich stand auf und ging kopfschüttelnd in die Küche um mir einen Eistee zu holen. Als ich ein paar Minuten später wieder auf dem Balkon Platz nahm, glaubte ich meinen Augen kaum. Da kam doch Fred mit einer dunkelhaarigen schlanken Frau wieder in den Biergarten und setzte sich genau an den gleichen Tisch, wo er vorher mit der Blondine gesessen hatte.

Er hatte wohl mehrere Dates an diesem Sonntag und hatte sie der Einfachheit halber, alle eng getaktet, an den gleichen Ort bestellt. Das war ja schon dreist!

Wahrscheinlich hatte er an dem Tag, als ich ihn im Zoo sitzen gelassen hatte, anschließend auch noch andere Frauen getroffen. Er hätte es wirklich verdient, nicht über den Wolken, sondern auf die Nase zu fliegen. Die dunkelhaarige Frau tat mir auf einmal sehr leid. So sollte kein Mann mit den Gefühlen der Frauen spielen.

Tim trat auf den Balkon und ich erzählte ihm von meinem früheren Treffen mit diesem Macho. Ich deutete auf den Tisch, an dem Fred gerade die Hand der Dunkelhaarigen ergriff und ihre Fingerspitzen küsste.

Die Kellnerin kam an den Tisch und ich konnte sehen wie irritiert sie schaute.

Sie ließ sich aber nichts anmerken sondern nahm die Bestellung auf.

Tim beobachtete die Szene und sagte dann: „Wahrscheinlich hat der schon alle Stewardessen flach gelegt und versucht es jetzt am Boden!" Ich musste laut lachen! Da hatte er wahrscheinlich den Nagel auf den Kopf getroffen.

Es wurde Zeit zu meinem Eltern zu fahren. Wir nahmen die Fahrräder und waren in 15 Minuten dort. Auf der Terrasse aßen wir selbstgebackene Waffeln mit Kirschen und Schlagsahne. Uns ging es phantastisch und wir hatten einen wunderschönen Nachmittag.
Später holte mein Vater ein Prospekt von einem Autohaus und zeigte uns verschiedene Autos.

Als Tim etwas irritiert schaute, zeigte mein Vater auf einen Kleinwagen und sagte: „Der gehört ab nächsten Monat Dir! Unser Geschenk für Dein Engagement im Studium und damit Du nicht immer unser Auto ausleihen musst."
Wir waren sprachlos! Tim konnte sein Glück kaum fassen und lief abwechselnd zwischen seiner Oma und Opa hin und her und drückte sie immer wieder.
Das würde auch für mich eine Erleichterung bedeuten. Tim bot mir an, dass er mich auch mal am Wochenende zu Robert fahren würde.
So bekam er noch mehr Fahrpraxis. Ich freute mich sehr.

Die nächsten Wochen vergingen ohne besondere Ereignisse. Robert und ich sahen uns regelmäßig an den Wochenenden und wir freuten uns Beide schon sehr auf den Urlaub in Spanien.

An dem Wochenende vor unserer Reise hatte mein Vater Geburtstag. Eine gute Gelegenheit Robert endlich einmal meinen Eltern vorzustellen. Ich glaube er war doch etwas nervös, als wir uns in einem Restaurant gemeinsam mit meiner Schwester und Schwager zum Essen trafen. Aber wie ich es schon erwartet hatte, verstanden sich alle auf Anhieb.

„Jetzt darf Ira auch mit Dir nach Spanien. Du bist uns sehr sympathisch." sagte mein Vater.

Ich lachte und sagte: „Ich werde bald 50, meinst Du ich müsste Euch noch um Erlaubnis bitten?"

Meine Mutter drückte mich und flüsterte mir ins Ohr: „Den musst Du festhalten. Er ist so ein netter Mann und ihr passt perfekt zusammen!"

Ich war so glücklich, dass Robert meiner Familie gefiel. Auch das passte zusammen und ist der Grundstein für eine glückliche Beziehung.

Die Zeit in Spanien war ein Traum. Robert fragte mich irgendwann, als wir am Strand spazieren gingen, ob ich mir vorstellen könnte zu ihm nach Hessen zu ziehen.

Jetzt war es soweit. Ich musste mich entscheiden. Aber eigentlich hatte ich es schon längst.

Mein 50. Geburtstag am 23.Dezember, vor dem ich solche Angst hatte, wurde einer der schönsten Tage meines Lebens. Wir feierten mit der ganzen Familie in meiner Wohnung. Abends gingen wir gemeinsam in ein Theater, wo ein Comedian uns die Lachtränen die Wangen herunterlaufen lies.

Als wir Nachts nach der Vorstellung auf die Straße traten hatte es begonnen zu schneien.
Eine unglaubliche Ruhe erfasste mich und als Robert meine Hand drückte wusste ich wie mein Leben weitergehen würde.

Epilog

Fast genau ein Jahr, nachdem wir uns kennengelernt haben, kündigte ich meinen Job, packte meine sieben Sachen in Kartons, überlies Tim meine kleine Wohnung und kehrte Köln den Rücken. Gegen das Heimweh versprach Robert mir regelmäßige Besuche bei der Familie in meiner Heimatstadt.
Er hat sich bis heute daran gehalten.

Vor zwei Jahren haben wir geheiratet! Ich habe die Liebe per Mausclick gefunden!

Falls Euch noch interessiert wie es mit meinen
Fehlversuchen weitergegangen ist:

Martin ist mittlerweile auch verheiratet und hat sich
seinen Wunsch erfüllt. Er hat einen Sohn
bekommen. Ich freue mich sehr für ihn.

Stefan ist wieder mit seiner Frau zusammen. Auf
dem Weg zum gemeinsamen Scheidungsanwalt
haben sie sich nochmal ausgesprochen und sind
erst gar nicht zum Termin erschienen.

Lothar hat in der Zwischenzeit seinen Job gekündigt
und war ein halbes Jahr in
Neuseeland. Er hat dort eine Frau kennengelernt
und überlegt jetzt ob er auswandern soll.

Paul ist nach dem Tod seines Vaters wieder nach
Köln gezogen. Wir haben immer noch Kontakt.

Michael, das Scheidungsopfer habe ich kurz vor
meinem Umzug nochmal in der Kölner City
gesehen. Er war in Begleitung einer kleinen
verschüchterten Asiatin.

Fred, der Pilot hat in Köln wahrscheinlich schon alle
Frauen gedatet und versucht es jetzt bestimmt
schon in Düsseldorf.

Von Andreas habe ich nie wieder etwas gehört oder
gesehen.

Zum Schluss noch einen Tipp für alle, die Angst vor einem runden Geburtstag oder der Zukunft haben:

Et hätt noch immer joot jejange (das ist Kölsch) Übersetzen müsst ihr selbst!

Herstellung und Verlag:
BoD- Books on Demand, Norderstedt
ISBN: 978-3-7528-3867-1